【中国青少年必读名著】

宋　词

［清］上疆村民◎著　　焦庆锋◎编

彩色美绘版

黄河出版传媒集团
宁夏人民出版社

图书在版编目 (CIP) 数据

宋词 /（清）上疆村民著；焦庆锋编 . — 银川：
宁夏人民出版社，2015.11
（中国青少年必读名著）
ISBN 978-7-227-06170-0

Ⅰ . ①宋… Ⅱ . ①上… ②焦… Ⅲ . ①宋词—青少年
读物 Ⅳ . ① I222.844

中国版本图书馆 CIP 数据核字 (2015) 第 294172 号

中国青少年必读名著
宋 词　　　　［清］上疆村民　著　焦庆锋　编

责任编辑	丁　佳	
封面设计	焦庆锋	
责任印制	肖　艳	

黄河出版传媒集团
宁 夏 人 民 出 版 社　出版发行

地　　址	银川市北京东路 139 号出版大厦（750001）
网　　址	http://www.yrpubm.com
网上书店	http://www.hh-book.com
电子信箱	renminshe@yrpubm.com
邮购电话	0951-5052104
经　　销	全国新华书店
印刷装订	三河市恒彩印务有限公司
印刷委托书号	（宁）0001320

开　　本	640mm×920mm　1/16
印　　张	12
字　　数	160 千字
印　　数	6000 册
版　　次	2015 年 12 月第 1 版
印　　次	2015 年 12 月第 1 次印刷
书　　号	ISBN 978-7-227-06170-0/I・1567
定　　价	19.80 元

世界名著是人类文化艺术发展道路上的丰碑，它以生生不息的思想力量、经久不衰的语言魅力深深打动着一代又一代的读者。对于青少年而言，大量阅读文学名著，是行之有效的阅读行为。文学名著凭借超拔的构思、动人的故事、隽永的语言，实现了文学大家对自然与人类社会不凡的理解和想象。沉浸其中，会让你成为一个对事物有通达理解的人，一个个性健康、感情充沛、志趣高尚的人。总而言之，读名著对你的智商与情商的提高都有莫大的好处。

为了系统地向广大青少年传递世界名著精华，我们精心组织编写了这套《中国青少年必读名著》。我们从浩瀚的知识海洋中，撷取精华，汇聚经典，将最受世界青少年青睐的作品奉献给大家。该系列丛书会给读者朋友们打开一扇心灵的窗户，让读者朋友们在知识的天地里遨游和畅想，为青少年朋友们搭建一架智慧的天梯，让我们在知识时空中探幽寻秘。本套丛书内容健康、有益，紧扣中学生语文课标，集经典性、知识性、实用性、趣味性于一体。我们精选的这些名著都是经历了历史与时间的检验，是公认为最具有杰出思想内涵或文学艺术品位的名著，是一份让广大青少年朋友品味人类知识精华的大餐。

由于编纂时间仓促，加之编者水平有限，编写过程中难免出现纰漏，还望广大读者批评指正。

中国青少年必读名著

诉衷情

黄庭坚

小桃灼灼柳鬖鬖①，春色满江南。雨晴风暖烟淡。天气正醺酣②。

山泼黛，水挼蓝，翠相搀。歌楼酒旆，故故招人，权典青衫③。

注释

①灼灼：形容火红的颜色。②醺酣：使人陶醉。③故故：故意，特意。权典：姑且当掉。

赏析

此为一幅优美的江南水乡图。桃花开得红艳艳，柳丝低垂，春色溢满江南。雨过天晴，和风送暖。轻烟淡淡，春光融融，正是醉人的时候。山峦像被染上了翠青色，池水也像浸湿了的蓝草，青山绿水相映。歌楼上酒旗飘扬，好像在故意招惹游人，这情形就是当掉衣衫买醉也值得呀。全词清新优美，令人耳目一新。

念奴娇

黄庭坚

断红霁雨，净秋空，山染修眉新绿①。桂影扶疏②，谁便道，今夕清辉不足？万里青天，姮娥何处，驾此

注释　还原每一个生僻字词的原意，方便读者真正深入学习古文的精华。

春无踪迹谁知，除非问取黄鹂①。百啭无人能解②，因风吹过蔷薇。

注释

①黄鹂：黄莺。二句说黄莺鸣叫在春夏之间，或许知道春归何处。　②百啭（zhuàn）：形容黄莺婉转的叫声。

赏析

此词抒发的是惜春之情，写来却别开生面。春天到哪里去了呢？我找不到春留下的痕迹，觉得非常寂寞。要是有人知道春在哪里，请唤她回来，让她与我同住。但是春天是没有踪迹的。有谁知道呢？除非去问黄鹂鸟。但黄鹂百啭千声，没人懂得它的言语，只见它趁着风飞过蔷薇丛。词人由惜春到爱春，却最终看到夏的来临。

杏花天影

姜夔

丙午之冬①，发沔口②。丁未正月二日，道金陵。北望惟楚，风日清淑，小舟挂席，容与波上③。

绿丝低拂鸳鸯浦④，想桃叶，当时唤渡。又将愁眼与春风，待去。倚兰桡，更少驻。

金陵路，莺吟燕舞。算潮水、知人最苦。满汀芳草不成归，日暮。更移舟，向甚处？

注释

①丙午：宋孝宗淳熙十四年（1187年）。②沔（miǎn）口：沔水

29

阅读导航

苍梧谣

蔡伸

天。休使圆蟾照客眠^①。人何在，桂影自婵娟^②。

注释

①圆蟾：满月。传说月中有只蟾蜍。 ②桂影：指月影。传说月亮上有株桂树。婵娟：形容（姿态）美好。

赏析

这首词极富民歌风味，其内容较少，它由月圆而感怀，抒写出沉挚的思恋心情。翻译为现代汉语为：天啊！不要让那圆圆的明月照着这客居在外的人吧，这本该是家人团圆的日子，但亲人在哪里呀？只有桂树独自飘然，让人不觉惆怅。

长相思

蔡伸

村姑儿，红袖衣，初发黄梅^①插稻时，双双女伴随。长歌诗，短歌诗，歌里真情恨别离，休言伊不知。

注释

①黄梅：指梅子成熟的季节。

赏析

这首词以民歌的形式大胆地表现了村中青年男女们对爱

情的歌颂与期待。他们在黄梅熟时，来到田地里，唱了长歌唱短歌，情深意切，词的内容通俗易懂。

如梦令

曹组

　　门外绿阴千顷，两两黄鹂相应①。睡起不胜情，行到碧梧金井。人静，人静。风动一庭花影②。

注释

　　①相应：彼此应答。②碧梧：指梧桐的树荫。

赏析

　　这首词以声写静的独特笔法，更突出环境的清幽，也表达出作者落寞的心情。睡梦中仿佛听到黄鹂声声应答的声音，睡起时看到门外有绿阴千顷。这寂寞让人情不自禁，于是走到梧桐绿阴下的井栏旁。这里本是人来人往的热闹地方，但此时却静得出奇，盼有人来打破这宁静，但风儿吹过，只有满庭花影摇曳。

卜算子

曹组

　　松竹翠萝寒，迟日江山暮。幽径无人独自芳，此恨凭谁诉①。

　　似共梅花语，尚有寻芳侣。着意闻时不肯香，香在无心处。

N

①翠萝：一种绿色地衣类植物，常附在松树等树的树皮上。迟日：指春日。凭：依靠。

赏析

这首词咏空谷幽兰。兰花生在幽僻的山谷，在春日的暮色中，它与松竹翠萝为伴。清幽的小路上没有人来，只有自己孤芳自赏。这幽恨说与谁知？也许只有向梅花诉说，但是想要有寻芳者能赏识。如果你特意去闻兰的芳香时，却闻不到；当你无心时，却觉得幽香沁人。作者是以兰自喻，表达出愿求知音但又不愿与非同类人同流合污的心态。

临江仙·用韵和韩求仁南都留别①

晁补之

曾唱牡丹留客饮，明年何处相逢。忽惊鹊起落梧桐。绿荷多少恨，回首背西风。

莫叹今宵身是客，一尊未晓犹同。此身应以去来鸿。江湖春水阔，归梦故园中。

注释

①南都：北宋时的南京，今河南商丘。

赏析

这首词构思精巧，抒写作者的惆怅心理和羁旅艰辛、思乡情切的心情。

汉宫春

晁冲之

潇洒江梅，向竹梢稀处，横两三枝。东君也不爱惜①，雪压风欺。无情燕子，怕春寒，轻失花期。惟是有南来归雁，年年长见开时。

清浅小溪如练，问玉堂何似②，茅舍疏篱？伤心故人去后③，冷落新诗。微云淡月，对孤芳分付他谁。空自倚，清香未减，风流不在人知。

注释

①东君：指春神。②何似：怎么比得上。③伤心故人：指爱梅的诗人林逋逝世后，梅就没有知音了。

赏析

此为一首咏梅词。上片主要写梅的生长环境。江边的梅花在美竹稀疏的地方横出三两枝。春神不爱惜它，对它雪压风欺；无情的燕子怕春寒，错过了它的花期。只有这南来的大雁，年年都能看到梅花凌寒开放。下片主要写梅的孤高。清浅的小溪如白绢，即使生在茅舍疏篱边，也胜过玉堂前的梅花。自从故人林逋去世后，就再也没有人为它赋新诗了。即使有微云淡月，也不过孤芳自赏，能交付谁？还不是独自倚着修竹，清香不减，它的风流不在乎别人知道与不知道。全词清新流利，把梅的高尚品格尽兴流露出来。

唐多令

陈允平

休去采芙蓉，秋江烟水空。带斜阳，一片征鸿。欲顿闲愁无顿处，都著在两眉峰。

心事寄题红，画桥流水东。断肠人，无奈秋浓。回首层楼归去懒，早新月，挂梧桐。

赏析

这是一首闺怨词，充分表达了思妇盼夫归来的忧愁。陈廷焯评此词："疏快中情致绵邈。"

念奴娇·登多景楼①

陈亮

危楼还望②，叹此意、今古几人曾会？鬼设神施，浑认作、天限南疆北界。一水横陈，连岗三面，做出争雄势。六朝何事，只成门户私计③？

因笑王谢诸人，登高怀远，也学英雄涕。凭却长江，管不到，河洛④腥膻无际。正好长驱，不须反顾，寻取中流誓⑤，小儿破贼，势成宁问强对⑥！。

注释

①多景楼：在今江苏镇江北固山甘露寺内，北临长江。②还望：环望，四下眺望。③门户私计：指以长江为门户的自私打算

（不求进取）。门户：喻险要之地。④河洛：黄河洛水，指中原地区。⑤中流誓：东晋祖逖北伐击楫中流作誓之事。⑥"势成"句：形势有利于我方，又为何怕对方是强敌呢！宁：岂，难道。强对：强敌。

赏析

此词从作者登楼望远所见，写出当时江山之势，从"天限南疆北界"引出"门户私计"之论。下片批判东晋士大夫，赞扬祖逖北伐，借古讽今，抒发了作者的豪情壮志。

谒金门

陈克

愁脉脉①，目断江南江北。烟树重重芳信隔②，小楼山几尺。细草孤云斜日，一向弄晴天色③。帘外落花飞不得，东风无气力。

注释

①脉脉：含情相对的样子。②芳信：音讯。③弄晴：欲晴而又不定。

赏析

全词以"愁"为中心，借景抒情，表现了对流年虚度的愁闷。胸中的愁绪越积越多，想要登高望远，但烟树重重，没有情人的音讯，再加上重重小楼阻隔，无法望尽江南江北，心中的愁更添几分。眼前烟草无边，一片浮云斜挂在夕阳边，恰是雨后初晴的天气。春风在此刻显得如此无力，连落花都吹不起来。

临江仙·夜登小阁忆洛中旧游

陈与义

忆昔午桥桥上饮，坐中多是豪英①。长沟流月去无声②。杏花疏影里，吹笛到天明。二十余年如一梦，此身虽在堪惊。闲登小阁看新晴，古今多少事，渔唱起三更。

①午桥：即午桥庄，今河南洛阳南。豪英：这里指文人雅士。②长沟流月：月光随波流走，比喻时光飞逝。

这是一首名作。上片是作者回忆当年在午桥桥上痛饮的情景，在座的都是文人雅士，桥下河水静静地流着。在杏花树零乱的树影里，我们吹笛畅饮到天明。下片转言今情：二十年前的事，现在再回想起来如一场梦，我虽还健在，但朋友离散，国事沧桑，想起来也令人心惊。空闲的时候登上小楼看看雨后的晴天，古往今来该有多少事情，还是半夜起来听听渔歌吧。全词用笔空灵，内涵丰富，真是"自然而然者也"。

虞美人·大光祖席醉中赋长短句①

陈与义

张帆欲去仍搔首，更醉君家酒。吟诗日日待春风，及至桃花开后却匆匆②。

歌声频为行人咽，记著尊前雪③。明朝酒醒大江流，满载一船离恨向衡州。

①祖席：送别的酒席。②匆匆：指匆匆离别。③尊前雪：指酒席前的落花。

这首词为饯别宴上所作。其紧扣别宴的思前想后，在运用别人成句时自然切合，变化处又别出心裁。

虞美人

陈与义

余甲寅岁自春官出守湖州，秋杪，道中荷花无复存者。乙卯岁，自琐闼①以病得请奉祠，卜居青墩镇。立秋后三日行，舟之前后如朝霞相映，望之不断也。以长短句记之。

扁舟三日秋塘路，平度荷花去。病夫因病得来游，更值满川微雨洗新秋。

去年长恨拏舟晚②，空见残荷满。今年何以报君恩？一路繁花相送到青墩。

①琐闼：代指官门。②拏舟：牵舟，乘船。

　　这首词是作者赴青墩任知府时沿途的所见所感。由景物的变化，蕴寓当时作者复杂的心情。

渔家傲

程垓

　　独木小舟烟雨湿，燕儿乱点春江碧。江上青山随意觅。人寂寂，落花芳草催寒食。

　　昨夜青楼今日客，吹愁不得东风力。细拾残红书怨泣。流水急，不知那个传消息。

　　这首词抒写失意文人涉足风月场所后的相思离别，作者精巧构思，表露深刻。末三句被陈廷焯评为"有深婉之致"。

卜算子

程垓

　　独自上层楼，楼外青山远。望到斜阳欲尽时，不见西飞雁。

　　独自下层楼，楼下蛩声怨。待到黄昏月上时，依旧柔肠断。

这是首闺怨词。描写女主人公盼人回归望眼欲穿、柔肠寸断，感情深挚，真切动人。

愁倚阑

程垓

春犹浅，柳初芽，杏初花。杨柳杏花交影处，有人家。玉窗明暖烘霞。小屏上，水远山斜。昨夜酒多春睡重，莫惊他。

这首词描写春景。词作用语平直，但构思精巧，将愉悦的情致轻快地表露出来。

霜天晓角·梅

范成大

晚晴风歇，一夜春威折①。脉脉花疏天淡②，云来去，数枝雪③。

胜绝，愁亦绝，此情谁共说?惟有两行低雁，知人倚，画楼月。

注释

①春威：春寒的威力。②脉脉：恬静的样子。③雪：比喻梅花。

赏析

这首词描绘了早春的白梅，在写梅之美的前提下，表现了倚画楼者的愁之深。前面写出梅花之美。傍晚时候，天色放晴，风也停了，经过了一夜，春寒的威力已慢慢减弱。在淡淡的云天上，云彩飘来飘去，路旁的梅树上稀稀疏疏地点缀着几枝如雪的白梅。梅花美到了极点，赏梅人的愁思也到了极点。这种心情能向谁诉说？只有两行低飞的大雁知道在这淡淡的夜色中，有一个孤独的人斜靠在画楼上。这首词为我们描绘了一种凄冷之美。

忆秦娥

范成大

楼阴缺，阑干影卧东厢月。东厢月，一天风露①，杏花如雪。

隔烟催漏金虬咽②，罗帏暗淡灯花结。灯花结，片时春梦，江南天阔。

注释

①一天：满天。②烟：指夜雾。金虬：铜龙，在漏的滴水处。

赏析

本词是首闺怨词，作者径直描绘环境，由室外到室内，将春夜独居的闺妇孤灯思远的情景生动地表现出来。

鹊桥仙·七夕

范成大

双星良夜①，耕慵织懒②，应被群仙相妒。娟娟月姊满眉颦，更无奈、风姨吹雨。

相逢草草，争如休见③，重搅别离心绪。新欢不抵旧愁多，倒添了、新愁归去。

①双星：指牛郎星和织女星。良夜：指七月初七。 ②耕慵织懒：懒于耕地、织布。③草草：匆匆。争如休见：不如不见。

这首词对牛郎织女的传说故事提出了与众不同的见解，表现了对天各一方的情人的理解和同情。牛郎和织女相会的佳期就要到了，牛郎织女都懒于耕地和织布，连众仙都在忌妒他们。你看，秀美的月亮姐姐紧蹙双眉，更没办法的是，风姨还吹起了风下起了雨。牛郎和织女匆匆一见，还不如不见，这一见重新搅乱了离别的心绪。但相见的新欢抵不过不见的旧愁，倒是添了新愁回去。作者对牛郎织女的爱情悲剧有新的理解。

渔家傲

范仲淹

塞下秋来风景异①，衡阳雁去无留意。四面边声连角起。千嶂里，长烟落日孤城闭。

浊酒一杯家万里②，燕然未勒归无计③！羌管悠悠霜满地④。人不寐，将军白发征夫泪。

注释

①塞下：边界险要的地方。此处指西北边疆。②浊酒：古人以米酿酒，乳白色，故称浊酒。③燕然：山名，今蒙古人民共和国的杭爱山。④羌管：笛子本出于羌族人之中，故称笛子为羌管。

赏析

本词表现了作者在边塞御敌、建功立业的英雄气概和远大的抱负。同时也反映出边塞的辛苦以及作者的思乡之情。一反当时吟风弄月、充满脂粉味的词风。是一篇难得的佳作。

苏幕遮

范仲淹

碧云天，黄叶地。秋色连波，波上寒烟翠。山映斜阳天接水。芳草无情，更在斜阳外。

黯乡魂①，追旅思②。夜夜除非③，好梦留人睡。明月楼高休独倚。酒入愁肠，化作相思泪。

注释

①黯乡魂：因思念家乡而黯然销魂。②追旅思：追忆旅途中的愁思。③夜夜除非：意思说只有梦中可暂忘愁闷，得到慰籍。

赏析

此词为范仲淹的名作。其中"碧云天，黄叶地"更是传

诵千古的名句。上片写景：天空是碧蓝的，大地上铺满黄叶，秋色与水波相接，波上笼罩着一层翠绿的寒烟。远山与斜阳相映衬，水流向天际，无情的芳草绵延到斜阳照不到的地方。那儿也许就是我的故乡吧。下片写旅途愁思：思乡之苦使人黯然神伤，羁旅的愁绪接连不断地涌来，每天晚上除非有好梦才能使我入睡。在明月高挂的时候，不要登上高楼远望。也不要纵情饮酒，酒入愁肠，会化作一颗颗的相思泪，更添思乡苦。

御街行

范仲淹

纷纷坠叶飘香砌①。夜寂静，寒声碎②。真珠帘卷玉楼空，天淡银河垂地。年年今夜，月华如练，长是人千里。

愁肠已断无由醉，酒未到，先成泪。残灯明灭枕头欹，谙尽孤眠滋味③。都来此事，眉间心上，无计相回避④。

注释

①香砌：有残花余香的台阶。②寒声碎：寒风吹动万物发出细碎的声音。③欹（qī）：斜靠。谙（ān）：熟悉。④无计：无法。

赏析

这是一首思念亲人的佳作。坠叶纷纷飘落在台阶上。夜晚如此寂寞，寒风习习，发出细碎的声音。楼房空寂，卷上珠帘，但见天色空阔，银河垂地。年年的今夜，月光皎洁如白练，思念的人儿却总在千里之外。愁肠早已断，醉也没用。酒还未下肚，举杯时先流下两行泪。残灯忽明忽暗，我靠着枕头尝尽了独眠的滋味。所有的愁绪都在这时涌上心头，郁结在眉头，没有办法回避。其文情深意切，末句为人们所传诵，由李清照化为"此情无计可消除，才下眉头，却上心头"。

青玉案

贺铸

凌波不过横塘路①，但目送，芳尘去。锦瑟华年谁与度？月桥花院，琐窗朱户，只有春知处。

碧云冉冉蘅皋暮②，彩笔新题断肠句。试问闲愁都几许③？一川烟草④，满城风絮，梅子黄时雨。

注释

①凌波：形容美女步态轻盈。横塘：作者居处。②蘅皋（gāo）：长着香草的水边高地。③都几许：共有多少。④一川：满地。

赏析

美人没走上通往横塘的路。我只有目送她远去。于是我猜想，她的美好青春将与谁共度呢？她一定住在明月相照、小桥铺架、鲜花遍生的庭院，花窗朱门，只有春神才知道的地方。飞云慢慢地升上长满香草的水边，天色已晚，才想起提笔写上几首伤感的诗句。要问我的闲愁有多少？就像那满地如烟的青草，满城风中的飞絮和那黄梅时节连绵不断的小雨。

杵声齐

贺铸

砧面莹①，杵声齐，捣就征衣泪墨题②。寄到玉

关应万里③，戍人犹在玉关西。

注释

①砧：与下句的"杵"都是捣衣的工具。②泪墨题：用泪水和着的墨水写字。③玉关：玉门关。

赏析

这首词借捣征衣，来表达思妇对征人的思念。捣衣的石块光滑晶莹，妇女们都在举杵捣衣。捣洗好征衣就和泪写上姓名寄给万里之外的玉门关。可是，守边的丈夫还在玉门关外！思妇苦，征人更苦。玉门关本在万里之外，守边丈夫却还在玉门关外，这怎不使人泪水涟涟！

浣溪沙

贺铸

秋水斜阳演漾金①，远山隐隐隔平林，几家村落几声砧。

记得西楼凝醉眼②，昔年风物似如今。只无人与共登临。

注释

①演漾金：金波荡漾。②西楼：苏州观凤楼，在城西。凝醉眼：指醉后登楼远眺。

赏析

此词为写景词，借写景忆昔伤今。斜阳下，秋水漾着金波，一片平整的树林外是隐隐的远山，远处几家村庄传来几声在砧板上捣衣的声音。记得以前也曾在西楼乘醉观赏，往年的风光景物应该和今天差不多。只是没有人与我一起登高远望。末句道出作者怀人的初衷。

半死桐

贺铸

重过阊门万事非①，同来何事不同归？梧桐半死清霜后②，头白鸳鸯失伴飞。

原上草，露初晞，旧栖新垄两依依③。空床卧听南窗雨，谁复挑灯夜补衣！

注释

①阊（chāng）门：苏州城西门。②梧桐半死：喻丧偶。③旧栖：旧日的居所。新垄：指妻子的新坟。

赏析

这是作者悼念亡妻的作品。重返老家，觉得一切都不一样了。我们一起来到这个世上为什么不一起归去？现在你走了，只剩下我一个人，就如枝叶凋谢后半死的梧桐、失伴单飞的鸳鸯。荒原上野草的露水刚干。我住在我们去过的地方，你住在新坟里，但我们依然两情依依。我卧在空空的床上听雨点敲打南窗，谁会再在夜里挑灯为我补旧衣！全词透过凄凉的诉说，把夫妻之情娓娓道尽。深刻地写出妻死后作者的孤独寂寞之感。

踏莎行

贺铸

　　杨柳回塘^①，鸳鸯别浦^②，绿萍涨断莲舟路。断无蜂蝶慕幽香，红衣脱尽芳心苦^③。

　　返照迎潮，行云带雨，依依似与骚人语^④。当年不肯嫁春风，无端却被秋风误。

注释

　　①回塘：曲折的水塘岸边。②别浦：江河的小支流。③红衣：指荷花。芳心：指莲子。④骚人：诗人。

赏析

　　这首词描写了这样的一幅画面：荷花生长在绿杨绕岸、鸳鸯游嬉、幽静曲折的池塘，绿萍平铺。阻断了采莲舟的来路，因而没有人来赏荷花，连蜂蝶也不会来这里寻幽香，荷花只有自开自谢。红衣脱尽只剩苦涩的莲心。夕阳返照，水波轻荡，浮云带雨，荷花在晚风中轻轻摇摆，像在对诗人诉说：当年不肯在春风中与众花争艳，如今却被秋风冷落。

浣溪沙

贺铸

　　楼角初消一缕霞^①，淡黄杨柳暗栖鸦，玉人和月摘梅花^②。

笑捻粉香归洞户③，更垂帘幕护窗纱。东风寒似夜来些④。

①销：消逝。②和月：趁着月光。③粉香：这里指梅花。④寒似：比……寒。

这一首词是写一个女子月下采梅的情景。女子采梅以寄托心事，这首词写出了她细腻的心理活动。

好事近

胡铨

富贵本无心，何事故乡轻别？空使猿惊鹤怨，误薜萝秋月①。

囊锥刚要出头来②，不道甚时节③。欲驾巾车归去，有豺狼当辙④。

①薜萝：比喻隐士的服装。②囊锥出头：指自荐才能。③不道：不知。④豺狼当辙：指恶人执政。

作者因上书请斩奸臣秦桧等人而被发配新州。此词写于被贬之后，表现了作者高洁的志趣和对现实的愤懑。

忆秦娥

黄机

秋萧索，梧桐落尽西风恶。西风恶，数声新雁，数声残角。

离愁不管人漂泊，年年孤负黄花约。黄花约，几重庭院，几重帘幕。

赏析

此词琅琅上口，是一首羁旅遣怀词。作者寄情于景，由伤秋而怀人，抒发出沉郁深挚的感情。

菩萨蛮

黄机

惜山不厌山行远①，山中禽鸟频惊见。小雨似怜春，霏霏容易晴。青裙田舍妇，馌饷前村去。溪水想平腰②，唤船依断桥。

注释

①惜：喜爱。厌：满足。②想：想来、估计。

赏析

这是作者在山野中的见闻，描绘了一种宁静、自然的生活。上片写山行。因为喜爱山，因而不觉得在山中走了多远，山上的飞鸟不断地被惊飞。绵绵的小雨也好似爱怜春天，很容易就

变晴了。下片写山中人的生活。一个身着青裙的农家妇女，到前村给丈夫送饭，溪水差不多齐腰深，她站在断桥边唤渡船过来。

减字木兰花·竞渡

黄裳

红旗高举，飞出深深杨柳渚①。鼓击春雷②，直破烟波远远回。

欢声震地，惊退万人争战气。金碧楼西，衔得锦标第一归。

注释

①杨柳渚 (zhǔ)：杨柳深处的小洲。②鼓击春雷：击鼓声如春雷震响。

赏析

此词表现了赛舟场上夺标的热烈场面。上片写竞渡开始时的情景，下片写夺标。比赛开始，一艘艘高举着红旗的红舟就从柳阴两岸的小洲中飞驶出来。竞渡的鼓声如春雷灌耳，龙舟冲破烟波浩渺的水面又从远处转回来。欢声震天，其中一艘龙舟抢先到达终点，争胜的豪气足以惊退万人，他们从金碧辉煌的楼西夺得第一的锦标凯旋而归。

定风波·次高左藏使君韵

黄庭坚

万里黔中一漏天①，屋居终日似乘船。及至重阳天也霁。催醉，鬼门关外蜀江前②。

莫笑老翁犹气岸③。君看，几人黄菊上华颠④。戏马台南追两谢⑤。驰射，风流犹拍古人肩⑥。

①黔中：黔州，今重庆彭水。②鬼门关：在重庆奉节东，地势险恶。③气岸：气宇轩昂。④华：通"花"，指白发。⑤戏马台：晋刘裕曾会群臣于此。谢灵运曾赋诗。⑥拍古人肩：意为与古人不相上下。

本诗为作者被贬黔州时所作。在离家万里之外的黔中，逢上了连日的大雨，像天都漏了一般。在屋里住着，整天像乘船一样。到了重阳这天，终于雨过天晴了，于是到鬼门关外的蜀江边痛饮。不要笑我老头子还豪气满怀。你看看，除了我，还有几个人敢在白发上插上黄菊？我还像两谢一样骑马射箭，其风流俊美，可与古人相媲美。此词给人一种老当益壮的气概，令人奋发向上。

虞美人·宜州见梅作

黄庭坚

天涯也有江南信①，梅破知春近。夜阑风细得香迟，不道晓来开遍向南枝。

玉台弄粉花应妒②，飘到眉心住③。平生个里愿杯深，去国十年老尽少年心。

①信：信使，这里指春的信使梅花。②玉台：玉镜台，即妆台。③飘到眉心住：南朝宋时公主卧殿檐下，梅花飘落到额上，成五出之花。后即有梅花妆的打扮。

诉衷情

黄庭坚

小桃灼灼柳鬖鬖①，春色满江南。雨晴风暖烟淡。天气正醺酣②。

山泼黛，水挼蓝，翠相挽。歌楼酒旆，故故招人，权典青衫③。

①灼灼：形容火红的颜色。②醺酣：使人陶醉。③故故：故意，特意。权典：姑且当掉。

赏析

此为一幅优美的江南水乡图。桃花开得红艳艳，柳丝低垂，春色溢满江南。雨过天晴，和风送暖。轻烟淡淡，春光融融，正是醉人的时候。山峦像被染上了黛青色，池水也像浸湿了的蓝草，青山绿水相映。歌楼上酒旗飘扬，好像在故意招惹游人，这情形就是当掉衣衫买醉也值得呀。全词清新优美，令人耳目一新。

念奴娇

黄庭坚

断红霁雨，净秋空，山染修眉新绿①。桂影扶疏②，谁便道，今夕清辉不足？万里青天，姮娥何处，驾此

一轮玉。寒光零乱，为谁偏照醽醁③？

年少从我追游，晚凉幽径，绕张园森木。共倒金荷家万里④，难得尊前相属⑤，老子平生⑥，江南江北，最爱临风笛。孙郎微笑⑦，坐来声喷霜竹⑧。

注释

①修眉：指女子的长眉，这里比喻远山。②桂影扶疏：指圆月清晰明亮。③醽醁：古代的一种美酒。④金荷：这里指荷叶形的金杯。⑤尊：指酒杯。⑥老子：作者自称。⑦孙郎：指在座的客人孙彦立，擅长吹笛。⑧声喷霜竹：指乐音从笛声中传出来。

赏析

此为作者被贬时在张宽夫家园中饮酒，客人孙彦立吹笛助兴之事。上片写夜之美：雨过天晴，彩虹高挂。秋空显得格外明净，远山被染成新绿，月影明静，谁说今晚月光不美？万里青天中，嫦娥从哪里驾着这一轮圆月而来？月光零乱，为谁偏将清辉洒到酒杯中？下片写宴游之乐。一群年轻人跟着我在夜晚清凉的小路上散步，这张园中满是林木，湖水环绕，让我们一起把这金荷杯斟满，离家万里，难得像这样举杯相邀。我一生走遍江南江北，最爱听的就是风中吹笛。在座的孙郎便微笑着坐下来吹奏美妙的音乐。

清平乐

黄庭坚

春归何处？寂寞无行路。若有人知春去处，唤取归来同住。

春无踪迹谁知，除非问取黄鹂①。百啭无人能解②，因风吹过蔷薇。

注释

①黄鹂：黄莺。二句说黄莺鸣叫在春夏之间，或许知道春归何处。 ②百啭（zhuàn）：形容黄莺婉转的叫声。

赏析

此词抒发的是惜春之情，写来却别开生面。春天到哪里去了呢？我找不到春留下的痕迹。觉得非常寂寞。要是有人知道春在哪里，请唤她回来，让她与我同住。但是春天是没有踪迹的。有谁知道呢？除非去问黄鹂鸟。但黄鹂百啭千声，没人懂得它的言语，只见它趁着风飞过蔷薇丛。词人由惜春到爱春，却最终看到夏的来临。

杏花天影

姜夔

丙午之冬①，发沔口②。丁未正月二日，道金陵。北望惟楚，风日清淑，小舟挂席，容与波上③。

绿丝低拂鸳鸯浦④，想桃叶，当时唤渡。又将愁眼与春风，待去。倚兰桡，更少驻。

金陵路，莺吟燕舞。算潮水、知人最苦。满汀芳草不成归，日暮。更移舟，向甚处？

注释

①丙午：宋孝宗淳熙十四年（1187年）。②沔（miǎn）口：沔水

为汉水上游，汉水入长江处谓之沔口。③容与：迟缓不前的样子。
④绿丝：指柳条。

赏析

　　此词抒发作者对远方恋人的思念之情，其时他们相识不久。作者用笔刚健，从词中表达出作者的款款情深。

扬州慢

姜夔

　　淮左名都①，竹西佳处②，解鞍少驻初程。过春风十里，尽荠麦青青。自胡马窥江去后，废池乔木，犹厌言兵。渐黄昏清角吹寒，都在空城。

　　杜郎俊赏③，算而今重到须惊④。纵豆蔻词工，青楼梦好⑤，难赋深情。二十四桥仍在，波心荡，冷月无声。念桥边红药，年年知为谁生！

注释

　　①淮左：淮东。②竹西：指扬州禅智寺侧的竹西亭，环境优美。③杜郎：唐代著名诗人杜牧。俊赏：出色的鉴赏。④须惊：也一定会吃惊。⑤豆蔻词工，青楼梦好：此为杜牧的诗句："娉娉袅袅十三余，豆蔻梢头二月初""十年一觉扬州梦，赢得青楼薄幸名"。

赏析

　　此词为作者目睹扬州战后被洗劫的萧条景象，抚今追昔，不禁感慨万千。扬州是淮东的名城，初到这里风景优美的竹西亭，还下马稍稍停留了一会儿。现在经过昔日繁华的十里长街，满眼尽是长得繁盛的荠菜和麦苗。自从金兵南侵后，荒废的池台、残存的大树，都厌恶听到战争。快到黄昏了，整座空城中寒气逼人，只听到凄清的号角声。杜牧喜欢扬州，曾写下不少赞美扬州的诗句，就算现在他重游扬州，也一定会吃惊。即使他有写"豆蔻""青楼"的才情，也难写尽面前这遭洗劫的城池时的感受。著名的二十四桥还在，桥下清波荡漾，冷月映照其中，无声无语。可叹桥边让人赏识的芍药花，仍自开自灭，不知人世的变迁，再无人欣赏。末句"念桥边红药，年年知为谁生"已成为千古佳句。

点绛唇·丁未冬过吴松作

姜夔

燕雁无心，太湖西畔随云去。数峰清苦，商略黄昏雨①。

第四桥边②，拟共天随住③。今何许？凭栏怀古，残柳参差舞。

注释

①商略：商量，酝酿。②第四桥：吴江城外甘泉桥。③天随：唐代诗人陆龟蒙，自号天随子。

赏析

陈廷焯评此词曰："感时伤事，只用'今何许'三个字提唱，'凭栏怀古'下，仅以'残柳'五字咏叹了之，无穷哀感，都在虚处，令读者吊古伤今，不能自止。"

踏莎行

姜夔

自沔东来①，丁未元日至金陵②江上，感梦而作。

燕燕轻盈，莺莺娇软③，分明又向华胥见④。夜长争得薄情知？春初早被相思染。

别后书辞，别时针线，离魂暗逐郎行远⑤。淮南皓月冷千山，冥冥归去无人管。

注释

①沔东：沔州东部，今武汉一带。②丁未元日：宋孝宗淳熙十四年（1187年）岁次元旦。③莺、燕：喻所爱的女子。④华胥：指梦中。《列子·黄帝》中有"华胥氏之中"一名称。后用以代指梦境。⑤郎行：情郎那边。

赏析

此词是作者对爱人的思念。通篇充满缠绵深情，上片写对爱人的思念，下片转为写自己对爱人的怜惜。深为感人。

疏　影

姜夔

苔枝缀玉，有翠禽小小，枝上同宿。客里相逢，篱角黄昏，无言自倚修竹。昭君不惯胡沙远①，但暗忆、江南江北。想佩环月夜归来，化作此花幽独。

犹记深宫旧事，那人正睡里，飞近蛾绿。莫似春风，不管盈盈，早与安排金屋②。还教一片随波去，又却怨、玉龙哀曲③。等恁时、重觅幽香④，已入小窗横幅。

注释

①昭君句：指西汉元帝时宫人王昭君远嫁北方匈奴单于一事。②金屋：华屋，多指美女居所。③玉龙：笛名。④恁时：何时。

赏析

此词为写梅之作。赞赏梅花幽静、孤独、高雅的气质。运用一些典故佳句，从不同角度来描写梅花的特色，寄托了自己对情人的怀念。意味幽远。

鹧鸪天·元夕有所梦

姜夔

肥水东流无尽期。当初不合种相思。梦中未比丹青见①，暗里忽惊山鸟啼。

春未绿，鬓先丝。人间久别不成悲。谁教岁岁红莲夜②，两处沉吟各自知。

注释

①丹青：画图。　②红莲：指花灯。红莲夜：指元宵灯节。

赏析

此词是作者怀念昔时恋人所作的。词作用笔刚健，抒发

出难以忘怀的一腔深情。

一剪梅·舟过吴江

蒋捷

一片春愁待酒浇。江上舟摇，楼上帘招①。秋娘渡与泰娘桥②，风又飘飘，雨又萧萧。

何日归家洗客袍？银字笙调，心字香烧。流光容易把人抛，红了樱桃，绿了芭蕉。

注释

①帘：酒帘。②秋娘渡、泰娘桥：吴江以唐代著名歌女命名的两处地名。

赏析

这首词表达了作者思归的心情之急切，也蕴含着对时光易逝的感叹。其中"流光容易把人抛，红了樱桃，绿了芭蕉。"成为描写时光易逝的名句。

昭君怨·卖花人

蒋捷

担子挑春虽小①，白白红红都好。卖过巷东家，巷西家。

帘外一声声叫，帘里鸦鬟入报②。问道买梅花，买桃花。

注释

①春：指花。②鸦鬟：丫环。

赏析

此词通俗易懂，用简洁的语句记叙了卖花、买花。

燕归梁·凤莲

蒋捷

我梦唐宫春昼迟，正舞到曳裾时①。翠云队仗绛霞衣②，慢腾腾，手双垂。

忽然急鼓催将起，似采凤，乱惊飞。梦回不见万琼妃③，见荷花，被风吹。

注释

①曳裾：牵扯舞衣的前后片。这里形容舞姿。②翠云：指绿色舞衣，也指荷叶。绛：红色。③梦回：梦醒。琼妃：喻荷花。

赏析

此词清新自然，充满神奇。作者借梦境写风中的荷花，显得新奇独特。我梦见荷花成了唐宫里的美人。在暖暖的春日里跳起了《霓裳羽衣舞》，舞姿翩然，穿着绿裙的舞女，风飘舞裙如云，穿着红衣的舞女则如霞般轻歌曼舞。忽然间急鼓催，惊散了彩凤，乱飞。梦醒后不见了成群的舞女，只见风吹动着荷花在微微摇动。

长相思

康与之

南高峰，北高峰①，一片湖光烟霭中。春来愁杀侬②。

郎意浓，妾意浓，油壁车轻郎马骢③。相逢九里松。

注释

①南高峰、北高峰：杭州的山名。②侬：我。③油壁车：女子所乘的油漆彩饰的车。

赏析

这首词题意是咏西湖，其实质是借西湖抒写离情的闺怨词。

夜游宫·记梦寄师伯浑

陆游

雪晓清笳乱起①，梦游处，不知何地。铁骑无声望似水。想关河，雁门西，青海际。

睡觉寒灯里②，漏声断③，月斜窗纸。自许封侯在万里④，有谁知?鬓虽残，心未死。

注释

①笳：胡笳，军中的乐器。这里指胡笳奏起的乐声。②觉：醒来。③漏声：古代计时用的漏壶滴水的声音。④自许：自负而自信。

赏析

　　此为一首记梦词，是送给好友师伯浑的，表现了作者梦寐以求收复失地的决心。上片写梦境。在飘雪的清晨，只听清笳声声，铁骑悄然无声，一望似水。这梦境不知是什么地方，想来这关河一定是雁门关、青海湖一带。一觉醒来，一切是这样的寂静，但作者的内心却不能平静，又想起当年自许封侯万里的愿望。有谁了解我，两鬓斑白，壮志却未泯灭。

诉衷情

陆游

　　当年万里觅封侯①，匹马戍梁州。关河梦断何处，尘暗旧貂裘。

　　胡未灭，鬓先秋，泪空流。此生谁料，心在天山②，身老沧洲③。

注释

　　①觅封侯：追求建功立业的机会。②天山：借指战场。③沧洲：指隐居之地。

赏析

　　作者屡遭投降派打击，遂闲居绍兴镜湖，这首词便作于此时，表现了作者虽身老却仍心忧国家的爱国情怀。通过回忆昔日抗金的勃勃英姿，把作者忧国忧民的心情表达得淋漓尽致。

卜算子·咏梅

陆游

驿外断桥边①，寂寞开无主。已是黄昏独自愁，更着风和雨。

无意苦争春，一任群芳妒。零落成泥碾作尘②，只有香如故。

注释

①驿：驿站，古代官办的交通站。②碾：压碎。

赏析

此词借物言志，借梅花来显示诗人孤芳自赏、自持情操、绝不与人同流合污的高尚品格。

钗头凤

陆游

红酥手①，黄滕酒②，满城春色宫墙柳。东风恶，欢情薄，一怀愁绪，几年离索③。错！错！错！

春如旧，人空瘦，泪痕红浥鲛绡透④。桃花落，闲池阁，山盟虽在，锦书难托。莫！莫！莫！

注释

①红酥手：红润而白嫩的手。②黄滕酒：黄封酒，一种官

酒。③离索：离散，分开。④泪痕红浥鲛绡透：脸上沾染着胭脂的红泪把手帕湿透了。

　　这首词抒发作者本人和唐婉的爱情悲剧。唐婉是陆游的妻子，为陆母所逼，改嫁他人，怏怏而死。此词上片追忆了往昔美满生活的情景，感叹被迫离异的痛苦。下片记述了久别重逢的情景，进一步道出作者与唐婉离异的巨大悲痛。

秋波媚

陆游

　　秋到边城角声哀，烽火照高台①，悲歌击筑②，凭高酹酒，此兴悠哉③！

　　多情谁似南山月④，特地暮云开。灞桥烟柳，曲江池馆，应待人来⑤。

　　①高台：指高兴亭，为亭名。②悲歌击筑：慷慨悲歌。筑：古乐器，后为击筑表慷慨悲歌之意。③此兴悠哉：这里指恢复关中的豪兴高涨。④南山：即秦岭，当时是宋金交战的前锋。⑤灞桥烟柳、曲江池馆：皆为长安名胜。

　　陆游是爱国词人。此词表达了作者对收复关中的乐观情绪。边城的秋天，宋军的号角悲壮，长安的烽火照着高兴亭，悲歌击筑，登高举杯，恢复关中的豪兴高涨，还有什么比南山月更多情的呢？为了能使我清楚地远眺，特意拨开层层云雾。这样，灞桥烟柳、曲江池馆等名胜都历历在目，好像在等待收复关中的宋军归来。

好事近

陆游

秋晓上莲峰，高蹑倚天青壁①。谁与放翁为伴②？有天坛轻策③。

铿然忽变赤龙飞，雷雨四山黑，谈笑做成丰岁，笑禅龛榔栗④。

注释

①蹑：踏。②放翁：陆游自号放翁。③轻策：这里指藤杖。④禅龛：这里泛指禅房。

赏析

此词想象奇特大胆。作者在秋天的清晨登上天台山的莲花峰上，踏在倚天的陡崖上，发出"谁与我为伴"的呼喊，有天坛的藤杖。突然铿的一声，藤杖变成了赤龙飞上了天空，顿时雷声大作，四面青山变成黑色一片。谈笑间降下一阵及时雨，使得今年又有了好收成。我笑禅房里的那些手持禅杖无所事事的僧侣们，讽刺了那些空有学问却不能为民造福的僧侣们，表现了作者为民造福的信念和积极的人生态度。

谢池春

陆游

壮岁从戎，曾是气吞残虏。阵云高、狼烟夜举。朱颜青鬓，拥雕戈西戍^①。笑儒冠、自来多误^②。

功名梦断，却泛扁舟吴楚，漫悲歌、伤怀吊古。烟波无际，望秦关何处^③？叹流年又成虚度。

注释

①雕戈：铸有花纹的戈。戈：一种武器。②儒冠：指读书人。③秦关：函谷关，代指中原地区。

赏析

这是作者老来回忆自己年轻时守边生活的词作。上片是对年轻时从军生活的追忆。下片是叹古伤今的感怀。

桃源忆故人

陆游

一弹指顷浮生过^①，堕甑元知当破^②。去去醉吟高卧，独唱何须和？

残年还我从来我^③，万里江湖烟舸。脱尽利名缰锁，世界元来大。

注释

①一弹指顷：都形容时间短。②元知：本来知道。当破：一定

破，肯定会破。③残年：形容老年。

赏析

　　此词为遣怀词。题中所谓"故人"指原来的自己。弹指一挥间一生就这样过去了，就像甑跌落在地本来就会破一样，人生本来就是这样，也无须惋惜。还是去吟诗醉酒高卧吧，一个人独自喝，哪里需要别人来应和？到了晚年，还我一个原来的自己，在万里如烟的湖上独自乘船行，摆脱了名利的束缚，顿觉心胸开阔，世界原来这样广大呀。从词中可以看出作者豪迈乐观的精神。

雨霖铃

柳永

　　寒蝉凄切①，对长亭晚②，骤雨初歇。都门帐饮无绪③，留恋处、兰舟催发④。执手相看泪眼，竟无语凝噎⑤。念去去、千里烟波⑥，暮霭沉沉⑦楚天⑧阔。

　　多情自古伤离别，更那堪、冷落清秋节！今宵酒醒何处？杨柳岸、晓风残月。此去经年⑨，应是良辰、好景虚设。便纵有、千种风情⑩，更与何人说？

注释

　　①寒蝉：秋蝉，据说可以由夏叫到秋。②长亭：路旁亭舍，供人歇息，亦是送别的地方。③都门帐饮：在京都城门外设帐，饮酒饯别。④兰舟：船的美称，相传鲁班刻木兰树为舟。⑤凝噎：哽咽，语塞无声。⑥去去：越去越远的意思。⑦沉沉：深厚的样子。⑧楚天：指楚地的天空。今宵：今天夜里。⑨经年：年复一年。⑩风情：男女相爱之情。

赏析

　　此词是柳永的代表作之一。上片叙别情别景，下片设想别后相思。这首词坦率大胆，不同于士大夫，而近于市民色彩。在词史上一般把柳永推为婉约派的正宗，有时与秦观合称"秦柳"，有时与周邦彦合称"周柳"。这首词可谓是婉约派的代表作，其中的"杨柳岸晓风残月"成为千古绝句。

八声甘州

柳永

　　对潇潇①、暮雨洒江天，一番洗清秋。渐霜风②凄紧，关河③冷落，残照当楼。是处红衰翠减④，苒苒物华休⑤。惟有长江水，无语东流。

　　不忍登高临远，望故乡渺邈⑥，归思难收。叹年来踪迹，何事苦淹留⑦？想佳人、妆楼颙望⑧，误几回、天际识归舟。争⑨知我、倚阑干处，正恁凝愁⑩。

注释

　　①潇潇：雨势急骤的样子。②霜风：深秋的风。③关河：山河。④红衰翠减：指花落叶少。⑤苒苒：渐渐。物华：美好的景物。⑥渺邈：遥远。⑦淹流：久久停留。⑧颙（yóng）望：抬头凝望。⑨争：怎知。⑩恁：如此。凝愁：愁结不解。

赏析

　　此词亦是柳永的代表名作之一。上片写景，景中寓情。下片抒情，在层层铺叙中可见情景交融。全词时空转换自然，

既可见作者的自我抒情形象，又以笔纵开，设想佳人长望之景，从自己与对方两头着笔，缠绵深挚。

采莲令

柳永

月华收，云淡霜天曙。西征客、此时情苦。翠娥执手、送临歧，轧轧开朱户①。千娇面，盈盈伫立，无言有泪，断肠争忍回顾？

一叶兰舟，便恁急桨凌波去。贪行色，岂知离绪。万般方寸②，但饮恨，脉脉同谁语。更回首、重城不见，寒江天外，隐隐两三烟树。

注释

①翠娥：即翠蛾。本指美人之眉，眉修长如蛾，以黛点色，故称，亦借指美人。临歧：分道惜别。轧轧：开门声。②方寸：古说人的心以一寸见方，因此把心称为方寸。

赏析

本词是一首送别词。上片写离别的时间、季节，送别的情景，以及临别时双方的情态。下片描绘别后的心境，以及无限的思念，萧条的景色更能显现其心。

蝶恋花

柳永

伫倚危楼风细细①。望极春愁，黯黯生天际。草色

烟光残照里②，无言谁会凭阑意？

拟把疏狂图一醉③，对酒当歌，强乐还无味。衣带渐宽终不悔，为伊消得人憔悴④。

注释

①危楼：高楼。②残照：夕阳光照。③拟把：打算。④消得：值得。

赏析

此为写景抒情词作。倚着高楼伫立，望见和风细细，不禁引起春愁，慢慢延向天际。夕阳的余晖照着青草，谁能理解我此刻凭栏远眺的心情？想放纵地醉一回，把酒当歌，强装快乐又觉得无味。衣带渐宽也不后悔，为她即使憔悴也值得。末句现已成为表达对爱情、事业执着追求的名句。清末民初国学大师王国维称为"专作情语而绝妙者"，"求之古今人词中，曾不多见"。

望海潮

柳永

东南形胜，三吴都会①，钱塘自古繁华②。烟柳画桥，风帘翠幕，参差十万人家。云树绕堤沙，怒涛卷霜雪，天堑无涯③。市列珠玑，户盈罗绮，竞豪奢。

重湖叠巘清嘉④，有三秋桂子，十里荷花。羌管弄晴，菱歌泛夜，嬉嬉钓叟莲娃。千骑拥高牙⑤，乘醉听箫鼓，吟赏烟霞。异日图将好景，归去凤池夸⑥。

注释

①三吴：指吴兴、吴郡、会稽。②钱塘：今浙江杭州。③天堑：天然险阻，指钱塘江。④重湖：指白堤把西湖分成里湖和外湖。叠巘（yǎn）：重叠的山峦。清嘉：清秀美好。⑤高牙：大将的牙旗，借指官员的仪仗。⑥凤池：凤凰池，中书省（中央最高政务机构）的美称。借指朝廷。

赏析

杭州地处东南的优越位置，是三吴重要的都市。北宋军事不强，但经济曾一度繁荣，宋仁宗时，相当繁盛。柳永失意于科场，流连曲坊，本篇即铺叙都市生活的长调。虽以铺叙见长，但又不是平铺直叙，尤其是开端、结尾和换头，都是勾勒见力，且语言妥贴，曲尽形容，脍炙人口。

少年游

柳永

参差烟树灞陵桥①，风物尽前朝。衰杨古柳，几经攀折，憔悴楚宫腰。

夕阳闲淡秋光老，离思满蘅皋②。一曲阳关③，断肠声尽，独自凭兰桡。

注释

①灞陵桥：即灞陵桥。灞陵是西汉文帝陵，在今陕西西安东，唐人送别多于此地。灞桥近邻灞陵，汉以来送别者于此折柳赠别，故又名"销魂桥"。②离思：离别的愁思。③阳关：唐王维《送元二使安西》有"劝君更尽一杯酒，西出阳关无故人"句，后来有人

把这首诗谱了曲，这两句唱了三遍，故称《阳关三叠》，作为赠别之吟。

赏析

　　这是一首送别词。与友人在灞陵折柳相别，深刻地体现出作者客旅感怀的惆怅。

浪淘沙慢

柳永

　　梦觉、透窗风一线，寒灯吹息。那堪酒醒，又闻空阶，夜雨频滴。嗟因循、久作天涯客①。负佳人、几许盟言，更忍把、从前欢会，陡顿翻成忧戚②。

　　愁极。再三追思，洞房深处，几度饮散歌阑。香暖鸳鸯被，岂暂时疏散，费伊心力。殢云尤雨③，有万般千种，相怜相惜。

　　恰到如今、天长漏永，无端自家疏隔。知何时、却拥秦云态④？愿低帏昵枕⑤，轻轻细说与，江乡夜夜，数寒更思忆。

注释

　　①因循：延宕不归、徘徊不去。②陡顿：突然。③殢（tì）云尤雨：恋昵不舍，形容男女相爱、贪恋欢情。④秦云：秦云楚雨。借指男女相爱。⑤昵：亲近。

此词直接地把相思离别之情描绘得淋漓尽致。直抒胸臆、感情真挚，不可避免地沾上绮罗香泽之气。其"空阶夜雨频滴"清丽疏淡，别有韵味。

迷神引

柳永

一叶扁舟轻帆卷。暂泊楚江南岸。孤城暮角，引胡笳怨①。水茫茫，平沙雁。旋惊散。烟敛寒林簇，画屏展。天际遥山小，黛眉浅②。

旧赏轻抛，到此成游宦。觉客程劳，年光晚。异乡风物，忍萧索，当愁眼，帝城赊③，秦楼阻④，旅魂乱。芳草连空阔，残照满。佳人无消息，断云远。

①胡笳：古代北方民族的管乐器，传说由张骞从西域传入。②黛眉浅：形容远山。③赊：远。④秦楼：一指秦穆公为女儿所建的楼居，又称"凤台"，故址约在今陕西宝鸡；二指美女罗敷的居处，后来泛指妓馆。

柳永半生尝尽"游宦成羁旅"的痛苦，因此他擅长抒写羁旅行役。此词上片写夜泊楚江，景色清丽而带凄凉意味。下片着意抒写游宦的艰辛和作者矛盾与厌倦的心理，给人一种身临其境的感觉。

永遇乐

刘辰翁

璧月初晴，黛云远淡，春事谁主？禁苑①娇寒，湖堤倦暖，前度②遽如许。香尘暗陌③，华灯明昼，长是懒携手去。谁知道，断烟禁夜，满城似愁风雨。

宣和旧日，临安南渡，芳景犹自如故。缃帙④流离，风鬟三五，能赋词最苦。江南无路，鄜州今夜⑤，此苦又谁知否。空相对，残釭无寐，满村社鼓⑥。

注释

①禁苑：皇帝的御花园。②前度：取刘禹锡"前度刘郎今又来"之意。③陌：街道。④缃帙（xiāng zhì）：浅黄色的书套，代指书籍。⑤鄜（fū）州：杜甫诗《月夜》起句为"今夜鄜州月，闺中只独看"，寓家人离散之意。⑥残釭（gāng）：残灯。社：古指土地神。

赏析

这首词的上片，侧重于表现临安的今昔变化，下片则表达作者为祖国多灾多难、民族受辱的忧伤和苦恼。

西江月·新秋写兴

刘辰翁

天上低昂①似旧，人间儿女成狂②。夜来处处试新妆，却是人间天上。

不觉新凉似水③，相思两鬓如霜。梦从海底跨枯桑，阅尽银河风浪。

注释

①低昂：起伏升降。②成狂：如痴如狂。③新凉似水：新秋似水的凉意。

赏析

此词是描写新秋欢度七夕的景象，实则寓以眷念祖国的忧思。

浣溪沙·感别

刘辰翁

点点疏林欲雪天，竹篱斜闭自清妍，为伊憔悴得人怜。欲与那人携素手，粉香和泪落君前，相逢恨恨总无言。

赏析

这首词通过白描手法抒写男女之间的离愁别恨。用语平淡、典雅，自然简练。

山花子

刘辰翁

此处情怀欲问天，相期相就复何年①。行过章江三十里，泪依然。

早宿半程芳草路，犹寒欲雨暮春天。小小桃花三两处，得人怜。

注释

①相就：指男女之间的幽期欢会。复何年："更在何年"之意。

赏析

这首词描写了作者的羁旅暮春愁思。用语平直，寓意深沉。

玉楼春·戏呈林节推乡兄①

刘克庄

年年跃马长安市②，客舍似家家似寄。青钱换酒日无何，红烛呼卢宵不寐③。

易挑锦妇机中字，难得玉人心下事④。男儿西北有神州，莫滴水西桥畔泪⑤。

注释

①林节推乡兄：林，有说作者的朋友林宗焕；节推：官职名；乡兄：同乡。②长安：借指南宋都城临安（今浙江杭州）。③呼卢：古代的一种赌博。④玉人：形容色如玉的美人。指林所迷恋的妓女。⑤水西桥：当时妓女聚集的地方。

赏析

此词富含规讽。作者极为厌恶放荡不羁的行为，缘于自己忧国忧民的情怀。鉴于朋友的放荡，作者委婉含蓄地劝喻，有无限希望含于内。

清平乐·五月十五夜玩月

刘克庄

风高浪快，万里骑蟾背^①。曾识姮娥^②真体态，素面元无粉黛。

身游银阙珠宫，俯看积气蒙蒙^③。醉里偶摇桂树，人间唤作凉风。

注释

①蟾：即蟾蜍，指月。②姮（héng）娥：即嫦娥，也指月。③积气：指层层的云雾。

赏析

此词采用了浪漫主义的手法，描写了作者神游月宫的情景，亦表现了作者超凡而不脱俗的忧国忧民的思想。

长相思

刘克庄

朝有时，暮有时，潮水犹知日两回。人生长别离。来有时，去有时，燕子犹知社后归^①，君行无定期。

注释

①燕子犹知社后归：连燕子都知道春社之后归来。

赏析

此词是对远行在外的人的怨忧。自然界的朝暮都有定时，潮水还知道一天有早潮和晚潮两个来回。人生却充满着长久的别离。自然界中来去都有定时，连燕子都知道在春社后回来，你的行期却没有定时，到如今还未回。

卜算子

刘克庄

片片蝶衣轻①，点点猩红小。道是天公不惜花②，百种千般巧。朝见树头繁，暮见枝头少。道是天公果惜花，雨洗风吹了。

注释

①蝶衣轻：指海棠花瓣像蝴蝶的翅膀那么轻盈。②道是：据说。

赏析

这首词借"天公惜花"一说，暗喻朝廷不重视人才。海棠在这里隐喻人才。前面写海棠花瓣像蝴蝶的翅膀一样轻盈，点点猩红的花儿小巧可爱。据说老天爷不爱花，那为什么海棠会有千百种美丽的姿态呢？下面写海棠花谢的情景，早上还看见枝头花儿繁茂，晚上再见时，枝头却只有稀疏的几片花。若说老天爷果然爱花，为什么又一阵雨洗风吹，让海棠变成这样。看来，还是不爱花。

西江月·贺词①

刘过

堂上谋臣樽俎②，边头将士干戈。天时地利与人和，"燕可伐欤？"曰："可③。"

今日楼台鼎鼐④，明年带砺山河⑤。大家齐唱大风歌⑥，不日四方来贺。

注释

①贺词：这是一首用以祝贺权臣生日的词。②尊俎：又作樽俎，古时盛酒的器皿，亦常用为宴席的代称。③此句意：借孟子语以言金政权可伐。燕（国）这里借指北方的金朝。④鼐（nài）：大鼎。楼台：高大的台榭，指相府。⑤带砺：亦作带厉，比喻久长。⑥大风歌：刘邦当上皇帝后，置酒沛宫，悉召故人父老子弟纵酒，自为歌诗曰："大风起兮云飞扬，威加海内兮归故乡，安得猛士兮守四方！"

赏析

此为祝寿词，但是作者表述的却是抗金求胜的决心，采用典故，使语句表达力增强。

如梦令

李清照

昨夜雨疏风骤①。浓睡不消残酒②。试问卷帘人③，却道海棠依旧。知否。知否。应是绿肥红瘦④。

注释

①雨疏：指大雨。②浓睡：指酒后酣睡。③卷帘人：指卷帘的侍女。④绿肥红瘦：指海棠叶大花残。

赏析

这首小令别具匠心，把花事与自己的心事相互联系，情景动人。昨天晚上风骤雨大，本想以酒醉深睡来消减自己的伤春情怀，但酣睡后酒意还未醒。试着问一声卷帘的侍女，窗外景色如何。侍女随口答："海棠还是原来那样。"知道吗？一定是叶肥花残了。全篇一反其他惜春词，末句为千古传诵的佳句。

菩萨蛮

李清照

风柔日薄春犹早①，夹衫乍着心情好②。睡起觉微寒，梅花鬓上残。

故乡何处是，忘了除非醉。沉水卧时烧③，香消酒未消④。

注释

①日薄：指阳光柔和。犹：还。②乍：刚刚。③沉水：植物名，即沉水香，俗名沉香、蜜香。④香消：指沉香燃尽。

赏析

此词抒发了作者思念故乡的深刻情意。和风轻拂，阳光柔和，正是早春的时候，刚穿上夹衫，心情很好。刚睡了起来，还觉得有点寒意，插在鬓上的梅花已经凋谢了。故乡在

哪里？要叫人忘记故乡除非是在酒醉中。点上沉香安卧，沉香已经燃尽了，但酒还没有醒。在此词中李清照表达了自己有国难回的亡国之恨及思乡的悲凄之情。

玉楼春

李清照

红酥肯放琼苞碎，探著南枝开遍未。不知酝藉几多香，但见包藏无限意。

道人憔悴春窗底，闷损阑干愁不倚。要来小酌便来休，未必明朝风不起。

赏析

朱彝尊《静志居诗话》谓："咏物诗最难工，而梅犹不易。……李易安词'要来小酌便来休，未必明朝风不起'皆得此花之神。"对此词作了很高的评价。

点绛唇

李清照

蹴罢秋千①，起来慵整纤纤手。露浓花瘦，薄汗轻衣透。

见客入来，袜划金钗溜。和羞走②，倚门回首，却把青梅嗅。

注释

①蹴（cù）：踏。蹴罢秋千：荡完秋千。②袜刬：只穿着袜子就走。溜：滑动，这里是松动的意思。③和羞：含羞。

赏析

此词为我们塑造了一个天真、调皮的少女形象。刚荡完秋千，累得站起来后都懒得动动纤手。穿着薄罗衫也微微出汗，那样子真像带露花朵。这时忽然看见有客人来，惊得连鞋也来不及穿，金钗也掉在地上，赶快跑了。又靠着门边往回看，还装着嗅青梅的样子。

南歌子

李清照

天上星河转，人间帘幕垂。凉生枕簟泪痕滋，起解罗衣聊问夜何其①。

翠贴莲蓬小②，金销藕叶稀③。旧时天气旧时衣，只有情怀不似旧家时④。

注释

①何其：怎么样。②翠贴：以翠羽贴饰。③金销：以金线嵌绣。④旧家时：以前在家乡时。

赏析

作者李清照和丈夫的感情很深，自丈夫死后，她一直陷于悲苦中，不能自拨。天上星河转动，人间闺房帘幕低垂。秋夜，枕席凉意生，更让人泪湿巾被。想来夜已经深了，起来欲宽衣睡下。这时看到衣服上翠羽贴的小莲蓬和用金线嵌绣的稀疏的莲叶纹，使人想起了过去。天气还是穿这衣服的天气，衣服还是原来的那件衣服，只是穿衣人的心情不一样了。见到衣上的花纹，不禁让人想起往事。全词透着凄凉悲苦，深为感人。

渔家傲

李清照

天接云涛连晓雾，星河欲转千帆舞。仿佛梦魂归帝所①，闻天语，殷勤问我归何处？

我报路长嗟日暮，学诗谩有惊人句②。九万里风鹏正举③。风休住，蓬舟吹取三山去④。

注释

①帝所：天帝居住的地方。②谩有：空有。③举：飞腾。④蓬舟：轻快的小船。三山：传说中的蓬莱、瀛州、方丈三座仙山。

赏析

此词在李清照的词中属气势较为豪放的一首，通过对舟行大海的奇特梦境的描写来抒发自己的志向。

如梦令

李清照

常记溪亭日暮，沉醉不知归路。兴尽晚回舟，误入藕花深处①，争渡②，争渡，惊起一滩鸥鹭③。

注释

①藕花：荷花。 ②争渡：驾舟急着寻路而归。 ③鸥鹭：沙鸥和白鹭。

赏析

这首词表达出作者对昔日悠闲美好的生活的回忆。全意为：常常回忆起在溪边的小亭里度过的那些傍晚时分，我沉醉在眼前的美景中忘了回去的路。等到尽兴后撑船回家，竟钻进荷花丛中。使劲划呀划，惊飞了河上的鸥鹭。词中没有着意写景抒情，但荷花之美、溪边景物之妙、争渡的情趣之佳，都蕴含其中。

减字木兰花

李清照

卖花担上，买得一枝春欲放①。泪染轻匀②，犹带彤霞晓露痕。

怕郎猜道，奴面不如花面好③。云鬓斜簪，徒要教郎比并看④。

注释

①春欲放：含苞待放的花。②泪：指露珠。③奴：古代女子自称。④徒：只，仅仅。郎：指丈夫。比并看：放在一起比较。

赏析

这首词抒写了一少妇的细腻情怀，写得娇美动人。前面写买花、看花。下面写戴花、比花。担心夫君想到我的面容

不如花儿漂亮，便把花儿拿来插到头发上，只要让夫君看看到底是花美还是人美。

醉花阴

李清照

薄雾浓云愁永昼①。瑞脑消金兽②。佳节又重阳，玉枕纱厨③，半夜凉初透。

东篱把酒黄昏后，有暗香盈袖④。莫道不消魂，帘卷西风，人比黄花瘦。

注 释

①永昼：漫长的白天。②瑞脑：香料，一名龙脑香，又名冰片。③纱厨：纱帐。④暗香：幽香，指菊花的香气。

赏 析

此乃一篇相思之作。上片写雾气蒙蒙，浓云层层，漫长的白日让人愁，孤寂之感顿生。下片写重阳独酌，倍觉消魂，人比菊瘦。全词的艺术特点在于"物皆著我之色彩"。

一剪梅

李清照

红藕香残玉簟秋①，轻解罗裳，独上兰舟。云中谁寄锦书来？雁字回时②，月满西楼。

花自飘零水自流，一种相思，两处闲愁。此情无计可消除，才下眉头，却上心头。

注 释

①玉簟 (diàn)：竹席的美称。②雁字：雁群飞时或成"人"字，或成"一"字。

赏 析

这首词作于词人新婚不久，丈夫久别在外之时。其中"才下眉头，却上心头"是名句。李廷机的《草堂诗余评林》称赞此词："语意飘逸，令人省目。"其末"此情无计"句是千古名句。

永遇乐

李清照

落日镕金①，暮云合璧②，人在何处。染柳烟浓，吹梅笛怨，春意知几许。元宵佳节，融和天气，次第岂无风雨③。来相召、香车宝马，谢他酒朋诗侣④。

中州盛日⑤，闺门多暇，记得偏重三五⑥。铺翠冠儿，捻金雪柳，簇带争济楚⑦。如今憔悴，风鬟霜鬓⑧，怕见夜间出去。不如向、帘儿底下，听人笑语。

注 释

①落日镕 (róng) 金：夕阳似溶化的黄金那么艳丽。②暮云合璧：傍晚的云彩聚集在一起，似巨大的玉璧那么美丽。③次第：指转眼之间。④谢：谢绝。⑤中州：今河南，这里特指北宋京城汴京 (今河南开封)。⑥三五：即十五，指正月十五元宵节。⑦簇带：簇戴，插戴满头。济楚：齐整、美丽。⑧风鬟 (huán) 霜鬓：头发斑

白且蓬松散乱的样子。

　　这词作于词人晚年流离南方之时，逢元宵节时的感旧之作。她用细致的笔触追忆、缅怀昔日元宵节的欢乐之情，与目前的凄凉心情相对照。在个人怀感的抒写中，寄寓了对故国深切的眷恋，抒发了对于国事日衰的沉痛心情。

声声慢

李清照

　　寻寻觅觅，冷冷清清，凄凄惨惨戚戚①。乍暖还寒时候，最难将息②。三杯两盏淡酒，怎敌他、晚来风急。雁过也，正伤心③，却是旧时相识④。

　　满地黄花堆积。憔悴损、如今有谁堪摘⑤。守着窗儿，独自怎生得黑。梧桐更兼细雨，到黄昏、点点滴滴。这次第⑥，怎一个愁字了得⑦。

注释

　　①戚：悲哀。②将息：调养休息。③正：的确。④却是：原来是。⑤堪摘：值得摘取。⑥这次第：这些情况。⑦了：概括，包容。

赏析

　　此词亦为作者晚年之作，也是千古传诵的名篇之一。死别之永恒、长久之寂寞，丧夫之痛，国家残破，故土难回等等，各种痛苦和哀愁错综复杂，混凝交织，沉痛无比。全篇

情景交融，委婉巧妙，自然与琢炼相结合，文浅情深。

武陵春

李清照

风住尘香花已尽①，日晚倦梳头。物是人非事事休，欲语泪先流。

闻说双溪春尚好，也拟泛轻舟。只恐双溪舴艋舟②，载不动许多愁。

注释

①尘香：指尘土中有落花香。②舴艋舟：形似蚱蜢的小船。

赏析

这首词是作者晚年避难金华时所作。全篇曲折多变地表露出作者的忧愁与苦闷。末句形象生动。

江城子

李好古

平沙浅草接天长。路茫茫，几兴亡。昨夜波声，洗岸骨如霜。千古英雄成底事，徒感慨，漫悲凉。

少年有意伏中行①，馘名王，扫沙场。击楫中流，曾记泪沾裳。欲上治安双阙远，空怅望，过维扬②。

注释

①中行：汉文帝时宦官，后投匈奴，成为汉朝大患。②维扬：扬州。

赏析

这首词写于北宋末，金兵攻破扬州，破坏惨重，作者路过此地有所感触而作。作者忆昔伤今，表露出深沉的感慨和忧国忧民的高尚情操。

卜算子

李之仪

我住长江头，君住长江尾。日日思君不见君，共饮长江水。

此水几时休，此恨何时已①。只愿君心似我心，定不负相思意。

注释

①已：停止。

赏析

此词是模仿民歌而作的。作者以一位痴情女子的口吻，表现了她对爱情的忠贞。"此水几时休"一问大胆奇特，更深化了女主人公的相思之苦。全词曲折婉妙，凝炼精致。

忆王孙

李重元

萋萋芳草忆王孙①，柳外楼高空断魂。杜宇声声不忍闻②。欲黄昏，雨打梨花深闭门。

注释

①王孙：古代对贵族子弟的通称，借指远行的人。②杜宇：杜鹃鸟，传说是古蜀帝杜宇的魂魄所化，故名杜宇。

赏析

高楼望远思远人是此词的主要内容。末句深远，言尽而意未尽。

鹧鸪天·寄李之问

聂胜琼

玉惨花愁出凤城①，莲花楼下柳青青。尊前一唱阳关后②，别个人人第五程③。

寻好梦，梦难成。有谁知我此时情？枕前泪共阶前雨，隔个窗儿滴到明。

注释

①凤城：京城。②阳关：阳关曲依唐代诗人王维《送元二使安西》诗谱乐而成，又名渭城曲。③人人：对亲昵者的称呼。第五程：指第五天的行程。这表明作者是分别五天后写的词。

采桑子

吕本中

　　恨君不似江楼月，南北东西。南北东西，只有相随无别离。

　　恨君却似江楼月，暂满还亏。暂满还亏，待得团圆是几时？

赏析

　　这是一首抒写离情别绪的感怀词。作者用白描的手法，表达自己真挚的思念，具有浓烈的民歌味道。

踏莎行

吕本中

　　雪似梅花，梅花似雪，似和不似都奇绝。恼人风味阿谁知①？请君问取南楼月。

　　记得去年，探梅时节②。老来旧事无人说。为谁醉倒为谁醒？到今犹恨轻离别。

注释

　　①阿谁：谁人。②探梅：寻访

赏析

　　这是一首遣怀词。作者在月夜登上高楼怀念远人，咏雪、咏梅，借物寄情，委婉表露出离情愁绪，含蓄隽永，意味悠长。

惜分飞·富阳僧舍代作别语

毛滂

泪湿阑干①花着露。愁到眉峰碧聚。此恨平分取。更无言语。空相觑②。

断雨残云无意绪。寂寞朝朝暮暮。今夜山深处，断魂分付。潮回去。

注释

①阑干：眼泪纵横。②觑：偷视。

赏析

此词是一首抒发别情的词，没有一句绮丽香艳之语，而用清新含蓄的笔触写得一往情深，其中"今夜山深处，断魂分付潮回去"尤为出色。宋周辉《清波杂志》卷九赞此词："语尽而意不尽，意尽而情不尽"。

阮郎归

欧阳修

南园春半踏青时，风和闻马嘶。青梅如豆柳如眉，日长蝴蝶飞。

花露重，草烟低，人家帘幕垂。秋千慵困解罗衣①，画堂双燕归。

①慵困：指困乏，懒洋洋的样子。

此词是仲春的美景和悠闲的生活，给人优雅清丽的感觉。仲春踏青的时节游览南园，正值风和日丽，耳边不时传来马儿的嘶鸣。青梅如豆，柳叶如眉，白天又长了，蝴蝶在花丛中飞舞着。清露使花瓣凝重，薄烟轻垂，草色迷蒙，人家帘暮已低低地挂起。荡罢秋千只觉得困乏，便回家解开罗衣要睡觉了，但见画堂上燕子双双飞回来。读罢此词，令人耳目一新。

浣溪沙

欧阳修

湖上朱桥响画轮①，溶溶春水浸春云，碧琉璃滑净无尘。

当路游丝萦醉客②，隔花啼鸟唤行人，日斜归去奈何春。

①湖：这里指颍州西湖。朱桥：指绘着朱彩的桥。画轮：指彩绘华丽的马车。②游丝：这里指随风飘舞的柳絮。

这首词从春留客的角度描写了西湖的宜人美景。湖上横着朱桥，桥上不时有华丽的马车经过。湖面上春水溶溶，云彩倒映在水面，碧绿的湖面像一块光滑的琉璃，洁净得没有

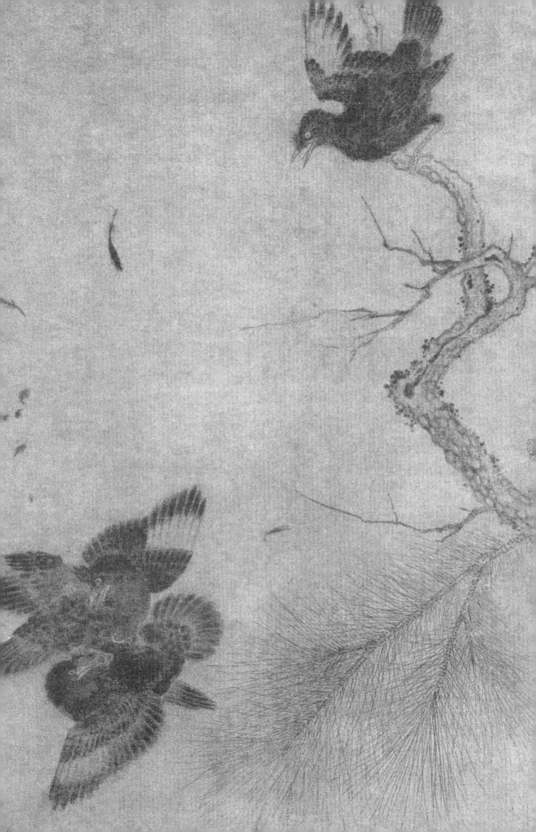

一点灰尘。路边柳絮萦绕着醉客，似要牵住他的衣袖；鸟儿隔着花啼鸣呼唤行人。虽然西湖的春景如此美丽，但夕阳西下时还是只有无奈地离开。此词别具匠心，将一幅优美的画面展现在人们面前。

渔家傲

欧阳修

花底忽闻敲两桨，逡巡女伴来寻访①。酒盏旋将荷叶当②。莲舟荡，时时盏里生红浪③。

花气酒香清厮酿④，花腮酒面红相向，醉倚绿阴眠一饷⑤，惊起望，船头搁在沙滩上。

注释

①逡巡：片刻。②旋：便，就。③红浪：这里指酒。④厮：相。⑤饷：即"晌"，一会儿。

赏析

这首词写了一群活泼可爱的采莲女划船饮酒的情景。采莲女划船入莲花丛中，听到两声敲桨声，女伴们一会儿就划过来了。暂且把荷叶当作酒盏，喝酒取乐。莲舟轻荡，酒盏中时不时漾起红浪。莲花香与酒香混在一起，姑娘的脸庞与酒面的红晕相映。醉了就倚在绿阴里睡一会儿，惊醒后四处望，才看见船儿搁浅在沙滩上。全词生动形象，令人回味无穷。

蝶恋花

欧阳修

越女采莲秋水畔，窄袖轻罗，暗露双金钏①。照影摘花花似面。芳心只共丝争乱②。

鸂鶒滩头风浪晚。露重烟轻，不见来时伴。隐隐歌声归棹远③。离愁引着江南岸。

①钏：镯子。②芳心：指少女的心。③棹：本指船桨，这里代指船。

此词细腻生动，描写一个江南采莲女自然纯朴的形象。江南的采莲女在秋水边采莲。她身穿窄袖的轻薄罗衫，隐约露出戴在手上的镯子。采莲时她的影子照在水中，面容像采的莲花一样美。看着藕断丝连的样子，她的芳心比丝更零乱。傍晚时分，湖中风平浪静，水鸟双栖在滩头。薄雾轻笼，露水凝重，已看不见一同来的伙伴，只听见她们划着船远远离去的歌声。这时，心中不禁涌起孤寂的愁绪。

生查子

欧阳修

去年元夜时①，花市灯如昼。月上柳梢头，人约黄昏后。

今年元夜时，月与灯依旧。不见去年人，泪满春衫袖。

注释

①元夜：正月十五日元宵节之夜。古代习俗元夜观灯，十分热闹。

赏析

去年元宵节晚上，卖花的集市灯明如白日。一对有情人相约在月亮挂上柳梢头的黄昏时分。今年元宵夜，明月与花灯仍如去年，但却看不到去年相约的人，顿时泪水沾滴衣衫。这首词抒写恋情，极平易。其语言简洁明快，写出了物是人非的感慨，很能引起人们的共鸣，"月上柳梢头，人约黄昏后"是一幅绝好的画。

木兰花

欧阳修

别后不知君远近。触目凄凉多少闷。渐行渐远渐无书，水阔鱼沉何处问①。

夜深风竹敲秋韵②，万叶千声皆是恨。故欹单枕梦中寻，梦又不成灯又烬③。

注释

①鱼沉：指音讯不通。②秋韵：秋声，③烬：结灯花。

赏析

此词是闺怨词。上片描写女主人公对远行的爱人的关切思念以及嗔怪怨尤。下片以凄清的秋声来衬托离情。末两句把女主人公孤枕难眠、长夜相思的情景刻画得淋漓尽致。

浪淘沙

欧阳修

把酒祝东风，且共从容^①。垂杨紫陌洛城东^②，总是当时携手处，游遍芳丛。

聚散苦匆匆，此恨无穷。今年花胜去年红，可惜明年花更好，知与谁同。

注 释

①从容：留连。②紫陌：洛阳城郊路。

赏 析

此词是欧阳修的名作。上片追忆往昔在洛阳与友人欢聚的良辰美景，下片则写与友人分别后的无限惆怅。末句"可惜明年花更好，知与谁同。"更是脍炙人口的佳句。

青玉案

欧阳修

一年春事都来几。早过了、三之二。绿暗红嫣浑可事^①。绿杨庭院，暖风帘幕，有个人憔悴。

买花载酒长安市，又争似、家山见桃李^②？不枉东风吹客泪，相思难表，梦魂无据，惟有归来是。

①可事：闲事，小事，可乐之事。②争似：怎似，怎如，不如。家山：家乡。

这首词的上片感叹岁月易逝，引得憔悴不堪。下片则显示主人公思乡情切，这是憔悴的主要原因。"买酒长安市，又争似、家山见桃李"句更显乡愁之不可收拾。

蝶恋花

欧阳修

谁道闲情抛弃久。每到春来，惆怅还依旧。日日花前常病酒①。不辞镜里朱颜瘦②。

河畔青芜堤上柳③，为问新愁，何事年年有。独立小桥风满袖。平林新月人归后。

①病酒：谓耽于酒，饮酒沉醉如病。②朱颜：美好的容颜。③青芜：青草。

这首词充满浓浓的感伤，透着对人生的迷茫和得不到解脱的苦闷，也有对美好事物的深深眷恋，以及甘心为此憔悴的执着感情。末两句深深地体现出主人公若有所待若有所失的心态，读罢令人慨然。

诉衷情

欧阳修

清晨帘幕卷轻霜。呵手试梅妆①。都缘自有离恨，故画作远山长。

思往事，惜流芳②。易成伤。拟歌先敛，欲笑还颦③，最断人肠。

注释

①梅妆：南朝宋武帝女寿阳公主作梅花妆。②流芳：流逝的时光，比喻年华易逝。③颦（pín）：眉蹙（cù），女子皱眉状。

赏析

此词充满一种淡淡的忧思。上片写歌女在寒天的早晨，卷起帘幕，天冷指僵，她呵手取暖，进行梳妆，用"画作远山长"的眉形来表达内心的离恨。下片写歌女回忆往事，感叹岁月易逝引起感伤。用短短的句子把歌女的痛苦忧郁表达了出来。

蝶恋花

欧阳修

几日行云何处去①。忘了归来，不道春将暮②。百草千花寒食路③，香车系在谁家树。

泪眼倚楼频独语，双燕来时，陌上相逢否？撩乱春愁如柳絮。依依梦里无寻处。

注释

①行云：本指女性，此处指人行踪不定如流云飘浮。②不道：不觉，不料。③百草千花：双关语，既指实景，又暗喻花街柳巷的妓女。寒食：节气名，在清明前一日（或二日）。

赏析

此为一首思妇词，是欧阳修的名作。上片抒写女主人公对如流云飘忽不定的爱人由思念到生怨的复杂感情。下片抒写了她满怀相思与撩乱春愁交织在一起的缠绵之情。"双燕来时，陌上相逢否"的问话更深深体现出其情之痴。

采桑子

欧阳修

群芳过后西湖好①，狼藉残红②，飞絮濛濛，垂柳阑干尽日风。

笙歌散尽游人去，始觉春空。垂下帘栊③，双燕归来细雨中。

注释

①群芳：指百花。西湖：指颖州西湖。②狼藉：杂乱的样子。③帘栊：窗帘。

赏析

此词描写了暮春时节西湖的美丽景色。百花凋谢后的西湖是分外美丽的，落花缤纷，柳絮迷蒙，垂柳边的栏杆已无人倚靠，整日任风吹。笙歌散尽游人离去，才觉得春天已过。

垂下窗帘，一对燕子在雨中归来。末句"笙歌散尽游人去，始觉春空"备受人推崇。

采桑子

欧阳修

轻舟短棹西湖好^①，绿水逶迤^②，芳草长堤，隐隐笙歌处处随。无风水面琉璃滑^③，不觉船移，微动涟漪，惊起沙禽掠岸飞。

注释

①西湖：这里指颖州的西湖。棹（zhào）：船桨。②逶迤（wēi yí）：绵延曲折的样子。③琉璃：天然会发光的透明的矿石，这里形容水面平滑光亮。

赏析

此词是作者乘舟游颖州西湖的观感。他用轻松自然的笔调，细微生动地写出西湖的宁静优美。全词意为：在西湖上划着小船游玩多么美好，绿水悠悠，沿途只见两岸湖堤上长着青青的芳草。到处都能听到隐隐约约的笙歌声。西湖上平静无风，就像一面光滑的琉璃，使人感觉不到船的移动。偶尔，小船泛起涟漪也会惊起沙滩中的鸟轻轻迭着岸边低飞。通过"笙歌""沙禽"更能体现出西湖的宁静，意境悠长。

踏莎行

欧阳修

候馆梅残①，溪桥柳细，草熏风暖摇征辔②。离愁渐远渐无穷，迢迢不断如春水③。

寸寸柔肠，盈盈粉泪④，楼高莫近危阑倚⑤。平芜尽处是春山，行人更在春山外。

注释

①候馆：旅舍。 ②征：指行路。辔（pèi）：马的缰绳。 ③迢迢：遥远、绵长。 ④盈盈：泪水充满眼眶时的样子。 ⑤危阑：高楼上的栏杆。

赏析

此词抒写春日的离愁别绪。上片写远行人在早春时离家远去：馆舍内梅花还有些残花败叶。溪桥边的杨柳刚抽出嫩叶，这里正是草芳花香的日子，却要离开心上人执鞭远行。下片写闺中人的惆怅苦闷：粉泪盈盈滴落。纵能登高，亦不必远眺，因为行人已在春山之外。全篇细腻缠绵、委婉清丽，情景双绝。

蝶恋花

欧阳修

庭院深深深几许？杨柳堆烟，帘幕无重数。玉勒雕鞍游冶处①。楼高不见章台路②。

雨横风狂三月暮，门掩黄昏，无计留春住。泪眼问花花不语。乱红飞过秋千去③。

注释

①玉勒雕鞍：嵌玉的马笼头和雕饰的马鞍。②章台路：汉代长安章台门附近的街名，为妓女聚居地，后泛指男女情爱之地。③乱红：纷纷飘落的花瓣。

赏析

此词抒写了一个贵妇人对情郎的怨恨，是传颂已久的名篇。上片写女主人公对游荡不知返的爱人由念极而生怨的复杂感情，而那怨情又只表现为嗔怪。下片抒写她满怀相思与撩乱春愁交织在一起、缠绵悱恻的情感。末句与"泪眼问花花不语"有异曲同工之妙。

望海潮

秦观

梅英疏淡，冰澌溶泄①，东风暗换年华②。金谷俊游③，铜驼巷陌④，新晴细履平沙。长记误随车。正絮翻蝶舞，芳思交加。柳下桃蹊，乱分春色到人家。

西园夜饮鸣笳。有华灯碍月，飞盖妨花。兰苑未空，行人渐老⑤，重来是事堪嗟！烟暝酒旗斜⑥。但倚楼极目，时见栖鸦。无奈归心，暗随流水到天涯。

注释

①冰澌（sī）：冰块。②东风暗换年华：东风吹抚，不觉又是一

年春天。③金谷：用金谷园之名形容园林的名贵。④铜驼：借铜驼路之名形容街道的繁华。⑤行人：作者自指。⑥烟暝：夜雾迷茫。

赏析

这首词抒写今昔之慨，由今感昔，又由昔慨今，错综交织，而以怀旧为主。风格典雅清丽，温婉平和而意脉不断、气骨不衰。为秦观的代表作之一。

好事近

秦观

春路雨添花，花动一山春色。行到小溪深处，有黄鹂千百。

飞云当面舞龙蛇，夭矫转空碧①。醉卧古藤阴下，了不知南北。

注释

①夭矫：婉延飞腾的样子。

赏析

这首词作于作者被贬之后，描写了自己的一场梦境，表现了作者超脱尘世的向往和浪漫主义的情怀。

满庭芳

秦观

山抹微云，天连衰草，画角声断谯门①。暂停征棹，聊共引离尊②。多少蓬莱旧事③，空回首、烟霭纷纷。斜阳外，寒鸦万点，流水绕孤村。

销魂。当此际，香囊暗解④，罗带轻分。谩赢得、青楼薄幸名存。此去何时见也，襟袖上、空惹啼痕。伤情处，高城望断，灯火已黄昏。

注释

①谯门：城门上望远的楼。②引离樽：饮离别的酒。③蓬莱：传说是海中仙山，比喻欢乐之地。④香囊暗解：指暗地里解下香囊相赠。

赏析

这首词上片描绘了凄迷的春景，以衬托作者惆怅的心情。下片诉说友人的情谊使他更增离恨。末两句用比兴手法对自己不公平的命运发出痛切的呼号。

踏莎行·郴州旅舍

秦观

雾失楼台，月迷津渡，桃源望断无寻处①。可堪孤馆闭春寒②，杜鹃声里斜阳暮。

驿寄梅花，鱼传尺素，砌成此恨无重数③。郴江幸自绕郴山，为谁流下潇湘去④？

注释

①桃源：桃花源，借指避世仙境。 ②可堪：怎么经受得住。③无重数：即无数重，数不尽的意思。④潇湘：湖南两水名，合流后称为湘江，诗词中多称为潇湘。

赏析

这是作者被贬郴州时所作的一首词，抒写了作者心中的孤寂与不平。上片描绘了凄迷的春景，以衬托作者暗淡惆怅的心情。下片诉说友人的情谊使他更增离恨。末两句用比兴手法对自己不公平的命运发出痛切的呼号。

江城子

秦观

西城杨柳弄春柔①。动离忧，泪难收。犹记多情曾为系归舟。碧野朱桥当日事②，人不见，水空流。

韶华不为少年留③。恨悠悠，几时休？飞絮落花时候一登楼。便作春江都是泪，流不尽，许多愁。

注释

①西城：指北宋汴京西郑门外一带。②朱桥：指汴京金明池上朱漆桥梁。③韶华：美好的时光。

赏析

这是一首遣怀词。写了暮春的景色来怀念故人，真情依依，有一种怅然若失的思绪。

浣溪沙

秦观

漠漠轻寒上小楼①，晓阴无赖似穷秋③。淡烟流水画屏幽。

自在飞花轻似梦，无边丝雨细如愁。宝帘闲挂小银钩。

①漠漠：弥漫的样子。 ②无赖：无故烦扰。穷秋：晚秋，此指农历九月。

赏析

这首词借写暮春阴暗、萧条的景致，表现作者心中的愁闷。无边无尽的寒意淡淡地侵入小楼，清晨天色就阴沉沉的，好像深秋时分。屋里绘着淡烟流水的画屏更显出小楼的清幽。落花自在地飘飞，如梦般盈盈。无休止的丝雨像愁绪般细密。垂下窗帘，让小银钩独自闲挂着。

南歌子

秦观

香墨弯弯画，燕脂淡淡匀①。揉蓝衫子杏黄裙，独倚玉阑无语，点檀唇②。

人去空流水，花飞半掩门，乱山何处觅行云③？又是一钩新月，照黄昏。

注释

①燕脂，即"胭脂"。②檀唇：涂上朱红色的嘴唇。③乱山、行云：出自冯延已《鹊踏枝》词。"乱山"形容女子心烦意乱。"行云"指薄情的男子。

　　此词是描写一个失恋女子。上片写她精心打扮，用香墨把眉毛画得弯弯的，把胭脂淡淡地擦在脸上。穿上蓝色的衫子，杏黄色的裙子，独自靠在栏杆上不言不语地点着朱唇。下片写她等待情人的心情。情人离开以后，流水空自流，直等到落花飘飞，还半掩着房门。我此时心烦意乱，到哪里能找到你？又一次等到一钩新月初升，照着等候在黄昏中的我。此词以景写情，含蓄哀怨。

鹧鸪天

秦观

　　枝上流莺和泪闻，新啼痕间旧啼恨。一春鱼雁无消息①，千里关山劳梦魂。

　　无一语，对芳尊。安排肠断到黄昏。甫能炙得灯儿了②，雨打梨花深闭门。

注释

　　①鱼雁：代指书信。②甫：刚才。

赏析

　　这首词写了一个独居幽闺的女子，日日夜夜思念远在"千里关山"之外的情人。全词语言清丽不俗，意味极尽绵长。

鹊桥仙

秦观

纤云弄巧，飞星传恨，银汉迢迢暗度①。金风玉露一相逢②，便胜却人间无数。

柔情似水，佳期如梦，忍顾鹊桥归路③。两情若是久长时，又岂在朝朝暮暮。

注释

①银汉：银河。　②金风玉露：秋风白露。　③忍顾：不忍回顾。鹊桥：传说牛郎织女七夕相会，喜鹊在银河上架桥。

赏析

这首词借牛郎织女的民间传说故事赞美了永恒的爱情。上片写牛郎织女鹊桥相会。彩云不断地变幻，流星也忙于在牛郎 织女间传情递恨。牛郎织女隔着银河走上鹊桥，在秋风和白露弥漫之夜相逢，胜过人间无数次的相聚。下片由传说到对爱情的赞美。相会时，彼此都怀着似水的柔情，已经相见了，却仍疑在梦中，怎么忍心回头看鹊桥归路？但我们的情意如果能长久，又哪在乎是否朝夕相对。"两情"句成了后世人间共传的佳句。这首词是传诵千古的绝妙的爱情词。末两句犹为世人所称道。

鹧鸪天·春闺

秦观

枝上流莺和泪闻，新啼痕间旧啼痕。一春鱼雁无消息①，千里关山劳梦魂。无一语，对芳樽，安排肠断到黄昏。甫能炙得灯儿了②，雨打梨花深闭门。

注释

①鱼雁：代指书信。 ②甫：刚才。炙得灯儿了：指油灯因灯油尽了而熄灭。

赏析

此词为独处深闺的少妇的愁思。整个春天都没有得到亲人的书信，所以梦里都不辞劳苦飞越万里关山，想与亲人相见。但醒后却带着泪痕听枝上的黄莺啼鸣，旧啼痕上又添新啼痕，只好借酒消愁。对着酒杯，没有一声言语，只能任由肠断到天明。刚刚挨到灯灭可入睡了，又下了一场春雨，雨打梨花的声音只能让她紧紧地关闭房门。

卜算子

石孝友

见也如何暮①？别也如何遽②？别也应难见也难，后会难凭据③。

去也如何去？住也如何住？住也应难去也难，此际难分付④。

注释

①暮：晚。②遽（jù）：急促。③后会：再相见。④此际：这时候。难分付：不好办。

赏析

此为一首离别词。其特点在于上片与下片分别用男女主人公的口吻来写。女：为什么我们见面会这样晚？为什么分别又这样匆匆？真是别也难，见也难。能否再相见还没有一点把握。男：要离开，又怎么舍得？要留下来，又如何能够？真是留也难走也难，这情形真叫人不知道如何是好啊。其词语言往复，口语化，把两人分别的依依不舍深深地刻画出来。

如梦令

秦观

莺嘴啄花红溜①，燕尾点波绿皱。指冷玉笙寒，吹彻《小梅》春透②。依旧，依旧，人与绿杨俱瘦！

注释

①溜：滑落。②彻：从头到尾完整地演奏完一支曲子。

赏析

此词为咏春词。表现了伤春的情怀。其中"燕尾点波绿皱"显得生动形象。"人与绿杨俱瘦"与名句"人比黄花瘦"有异曲同工之妙。

眼儿媚

石孝友

愁云淡淡雨潇潇，暮暮复朝朝。别来应是，眉峰翠减，腕玉香消。

小轩独坐相思处，情绪好无聊。一丛萱草，几竿修竹，数叶芭蕉。

赏析

这首词表露作者思念意中人的心绪。词作以触景生情、寄情于景为表现手法，情感真挚，意味深远绵长。

江城子·乙卯正月二十日夜记梦

苏轼

十年生死两茫茫。不思量。自难忘。千里孤坟①，无处话凄凉。纵使相逢应不识，尘满面，鬓如霜。

夜来幽梦忽还乡。小轩窗②。正梳妆。相顾无言，惟有泪千行。料得年年肠断处，明月夜、短松冈③。

注释

①千里孤坟：苏轼时在密州（今山东境内），其妻王氏葬于四川，相距遥远。　②小轩窗：小廊的窗。　③短松冈：长着小松的山包，指坟墓。

赏析

此词是苏轼悼亡妻的名作。用词写悼亡，是苏轼的首创。全词采用虚实结合、分合顿挫、叙述、白描等多种艺术手法，来表达对亡妻深深的悼念之情。哀思中又融入对自己的身世的感慨，凄凉婉转而执着。

水龙吟·次韵章质夫杨花词

苏轼

似花还似非花①，也无人惜从教坠②。抛家傍路，思量却是，无情有思③。萦损柔肠，困酣娇眼，欲开还闭。梦随风万里，寻郎去处，又还被、莺呼起。

不恨此花飞尽，恨西园、落红难缀。晓来雨过，遗踪何在？一池萍碎④。春色三分，二分尘土，一分流水。细看来，不是杨花，点点是离人泪。

注释

①似花还似非花：指杨花既像花又不像花。②从教：任凭。③无情有思：看似无情，却有意思。④萍：古代传说杨花落水化为浮萍。

赏析

这是一首构思巧妙的词作。它把咏物与拟人融在一起，充分表达了作者的欲言之情，其刻画深入细致。沈谦在《填词杂说》评此词为"幽怨缠绵，直是言情，非复赋物。"

水调歌头

苏轼

丙辰中秋，欢饮达旦，大醉。作此篇，兼怀子由①。

明月几时有，把酒问青天。不知天上宫阙，今夕是何年。我欲乘风归去，又恐琼楼玉宇②，高处不胜寒。起舞弄清影，何似在人间。

转朱阁，低绮户③，照无眠。不应有恨，何事长向别时圆。人有悲欢离合，月有阴晴圆缺，此事古难全。但愿人长久，千里共婵娟④。

注释

①子由：苏轼的弟弟苏辙，字子由。 ②琼楼玉宇：想象月中的宫殿。③低绮户：月光低照进彩绘雕花的窗户。④婵娟：美好的样子，这里指明月。

赏析

此词写于作者自谪外放，与弟弟六年不曾见一面的情况。作者想象大胆、奇特。表现了作者豁达的心胸，以及对弟弟的思念。词采用了形象描绘的手法，勾勒出一种皓月当空、美人千里、孤高旷远的境界，把自己遗世独立的意绪和往昔的神话传说融合一起，在月的阴晴圆缺中又渗入浓厚的哲学意味。

定风波

苏轼

莫听穿林打叶声，何妨吟啸且徐行。竹杖芒鞋轻胜马①，谁怕？一蓑烟雨任平生。

料峭春风吹酒醒②，微冷，山头斜照却相迎。回首向来萧瑟处，归去，也无风雨也无晴。

注释

①芒鞋：草鞋。②料峭：形容微寒。

赏析

此词作于作者被贬的第三年。上片写路上遇雨。不要听雨点穿过树林敲打树叶的声音，不如边慢走边吟咏歌唱。手拄竹杖脚穿草鞋，这样走胜过骑马。还怕什么呢？平生也是这样在风雨中行走。下片写雨停后的感触，微冷的春风把我的酒吹醒了，山头的斜阳也放出清晖。回头看看刚才遇雨的地方，都回去了，还管它有没有风雨晴不晴。此词借避雨之事，充分体现了作者处变不惊的处世态度和乐观旷达的人生观。

西江月

苏轼

照野弥弥浅浪，横空隐隐层霄①。障泥未解玉骢骄②，我欲醉眠芳草。

可惜一溪风月，莫教踏碎琼瑶③。解鞍欹枕绿杨桥，杜宇一声春晓。

注释

①弥弥：水波翻动的样子。层宵：弥漫的云气。障泥：指马鞯。②玉骢（cōng）：指骏马。③琼瑶：美玉，这里指月亮在水中的影子。

赏析

此词是一幅优美的夜景。清新自然，月光照着溪水，闪动着点点粼波，空中飘着层层薄云，玉骢马马鞍未解，昂头挺立。我欲想在这芳草丛中趁醉暂眠。这溪边的月色是如此可爱，还是要沉醉这一溪的月影。于是解下鞍当枕斜靠在杨柳桥上歇息。直到杜鹃一声啼鸣，才发现天色已经放明了。

念奴娇·赤壁怀古

苏轼

大江东去，浪淘尽，千古风流人物。故垒西边①，人道是，三国周郎赤壁②。乱石穿空，惊涛拍岸，卷起千堆雪。江山如画，一时多少豪杰！

遥想公瑾当年，小乔初嫁了，雄姿英发。羽扇纶巾③，谈笑间，樯橹灰飞烟灭④。故国神游，多情应笑我，早生华发⑤。人生如梦，一樽还江月。

注释

①故垒：旧营垒。　②周郎：周瑜，字公瑾，曾在赤壁用火攻大败曹操。　③羽扇纶巾：古代儒将的装束。形容周瑜从容不迫。④樯橹：指曹军的战船。　⑤华发：花白头发。

此词为苏轼代表作，它从历史故事入手，借古代英雄感叹自身的失意，因年岁渐老，事业无成。作者在写景、怀古、言情中，将性质各异以至对立的思想、情感、事物、自然融合在一起，却又举重若轻，了无痕迹。上片赞美赤壁美景。下片怀念周瑜，赞美其不卓的风度才能，引起自身的感叹。

卜算子·黄州定惠院寓居作

苏轼

缺月挂疏桐，漏断人初静①。谁见幽人独往来？缥缈孤鸿影②。

惊起却回头，有恨无人省。拣尽寒枝不肯栖，寂寞沙洲冷。

注释

①漏断：夜已深。古代用漏壶计时，漏断指水滴完了。②缥缈：高远的样子。

赏析

这是一首咏物寄托之作。透过稀疏的梧桐叶望见残月低低地挂在天边，夜深时分寂静无声。谁看见我一个人来来往往？只有隐隐的孤雁的身影。孤雁被惊起时还回头张望。没有谁能理解他的怨恨。拣尽寒冷的枝头也不肯栖息，只有寂寞地宿在冷冷的沙洲上。词人以孤鸿自喻，表明了自己的不合流俗，也表达了他政治失意后的孤寂心情。全词风格清奇冷隽，似非食烟火叙人间情。

蝶恋花

苏轼

花褪残红青杏小，燕子飞时，绿水人家绕。枝上柳绵吹又少①，天涯何处无芳草！

墙里秋千墙外道，墙外行人，墙里佳人笑。笑渐不闻声渐悄，多情却被无情恼②。

注释

①柳绵：柳絮。②多情：指墙外行人。无情：指墙里佳人。

赏析

此词是苏轼的杰作。诗中寓意深刻，以暮春的景色来抒写人生哲理。花儿已将仅有的红色褪尽，青杏刚长出来。燕子飞来，绿水环绕着人家。枝上的柳絮已吹得所剩无几，天涯什么地方没有芳草？墙里架着秋千，墙外有条小道，行人经过，听到墙里佳人的嬉笑声。笑声渐渐地听不到了，一切都恢复寂静，行人的自作多情却被无情人惹得烦恼。词中"天涯何处无芳草"表现了一种乐观旷达的人生态度。"多情却被无情恼"则是作者对人生中许多美好愿望不能被理解的感叹。

江城子·密州出猎

苏轼

老夫聊发少年狂，左牵黄①，右擎苍②。锦帽貂裘，千骑卷平冈。为报倾城随太守，亲射虎，看孙郎③。

酒酣胸胆尚开张。鬓微霜，又何妨！持节云中，何时遣冯唐④。会挽雕弓如满月，西北望，射天狼⑤。

注释

①黄：黄犬，指猎犬。 ②苍：苍鹰，指猎鹰。③孙郎：三国时孙权，曾骑马射虎。④冯唐：汉文帝派他持节去赦免云中太守魏尚的罪，仍旧让其带兵守边。 ⑤天狼：星名，比喻西北方的敌人。

赏析

此词作于宋神宗熙宁八年（1075年）冬，当时宋朝受到辽和西夏的威胁。此词以"狂"字贯穿，表现出亲上前线保卫祖国的决心。上片写猎之"狂"，下片写请战之"狂"，我这老夫暂且发一回年轻人的豪兴，迫着黄狗，擎着苍鹰，戴着锦帽穿着貂裘，率千骑越平川山冈。让全城的人都跟随我去出猎吧。我要像孙郎那样亲自弯弓射虎。酒兴正酣，胆气正壮，两鬓有些白又算得了什么。什么时候能有使节来召我为国立功？到那时，我一定要挽弓如满月，消灭敌人。

浣溪沙

苏轼

簌簌衣巾落枣花，村南村北响缲车①，牛衣古柳卖黄瓜②。

酒困路长惟欲睡，日高人渴漫思茶，敲门试问野人家。

注释

①缲车：缲丝车。 ②牛衣：用草编成，盖在牛身上防寒。这

里指卖黄瓜的人贫苦而披牛衣。

赏析

　　这是记载作者任徐州州官时谢雨途中所见，表现了作者洒脱的性格和平易近人的官风。初夏时节，枣花簌簌地落在行人的衣服上。村南村北都传来缫车的声音。一个穿着简陋的农夫在古柳下卖黄瓜。喝酒后我十分困乏，行路遥远，只想睡觉，太阳升得老高，口渴难耐，想要喝茶。于是走上前去敲门想要向农家讨口水喝。

秋 霁

史达祖

　　江水苍苍，望倦柳愁荷，共感秋色。废阁先凉，古帘空暮，雁程最嫌风力。故园信息，爱渠入眼南山碧。念上国①，谁是脍鲈江汉未归客。

　　还又岁晚，瘦骨临风，夜闻秋声，吹动岑寂。露蛩悲②，青灯冷屋，翻书愁上鬓毛白。年少俊游浑断得。但可怜处，无奈苒苒魂惊，采香南浦，剪梅烟驿。

注释

　　①上国：春秋时称中原诸国为上国。②蛩（qióng）：蟋蟀。

赏析

　　这首词是史达祖因受牵连而流放于江汉数年，暮秋时节，逢送友人而作。表达了作者孤寂凄苦的生活和沉郁哀怨的感情。

双双燕

史达祖

过春社①了，度帘幕中间，去年尘冷。差池②欲住，试入旧巢相③并。还相雕梁藻井，又软语商量不定。飘然快拂花梢，翠尾分开红影。

芳径④，芹泥雨润，爱贴地争飞，竞夸轻俊。红楼⑤归晚，看足柳昏花暝。应自栖香⑥正稳，便忘了天涯芳信。愁损翠黛⑦双蛾，日日画阑独凭。

注释

①春社：古时立春之后的第五个戊日为春社，以祭祀土地神。②差池：燕子飞翔时张翼展尾的样子。③相：观察，细看。④芳径：长着花草的小径。⑤红楼：富贵家的新居，燕子喜择华屋，故云。⑥栖香：栖息得很香甜，睡得很好。⑦翠黛：古时女子以翠黛（青绿色）画眉。

赏析

此词采用白描手法，描绘春社过后，春燕归来，成双成对地戏弄春光的神态，进而由燕子的欢乐，反衬闺中人的寂寞、孤独。全词虽无一个燕字，但句句都在写燕。

三姝媚

史达祖

烟光摇缥瓦①，望晴檐多风，柳花如洒。锦瑟横床，想泪痕尘影，凤弦常下。倦出犀帷，频梦见王孙骄马。讳道相思，偷理绡裙，自惊腰衩②。

惆怅南楼遥夜，记翠箔张灯，枕肩歌罢。又入铜驼，遍旧家门巷，首询声价。可惜东风，将恨与闲花俱谢。记取崔徽模样，归来暗写。

注释

①缥瓦：淡青色琉璃瓦。②衩（chà）：衣服下端开叉处。

赏析

这首词讲述的是一个感人至深的爱情故事。词人早年与一妓女相爱，后因故久别。妓女对他思念不已，憔悴至死。词人归来重访故人，可是只有锦瑟还在，弹瑟人已不在。听人介绍了她生前深于情、专于情的一幕幕往事，追古抚今，叹息不已，写下了这首情真意切的悼亡词。

木兰花

宋祁

东城渐觉风光好，縠皱波纹迎客棹①。绿杨烟外晓寒轻，红杏枝头春意闹。

浮生长恨欢娱少②，肯爱千金轻一笑。为君持酒劝斜阳，且向花间留晚照。

注释

①皱：比喻水波。棹：船桨，指船。②浮生：指人的一生。

赏析

此词为一篇佳作。词中有着蓬勃的春意。东城的风光越来越美了，水波轻漾，像在欢迎客人泛舟其间。清晨，绿柳如烟，有些轻微的寒意，红杏在枝头绽放，显示出春天的活力。人的一生常叹欢乐的时光太少。怎能吝惜钱财而轻视欢娱？我替你把酒寄语斜阳，再在花间留晚照，不要辜负这大好春光。

钗头凤

唐婉

世情薄，人情恶，雨送黄昏花易落。晓风干，泪痕残，欲笺心事①，独语斜阑。难，难，难！

人成各，今非昨，病魂尝似秋千索。角声寒，夜阑珊②。怕人寻问，咽泪装欢。瞒，瞒，瞒！

注释

①笺：说明。②阑珊：将尽。

赏析

此词是唐婉为和陆游的《钗头凤》作。全篇充满了对陆游的一往情深，以及自己的处境和对封建礼教的愤慨，深切感人。

唐多令·惜别

吴文英

何处合成愁？离人心上秋①。纵芭蕉不雨也飕飕。

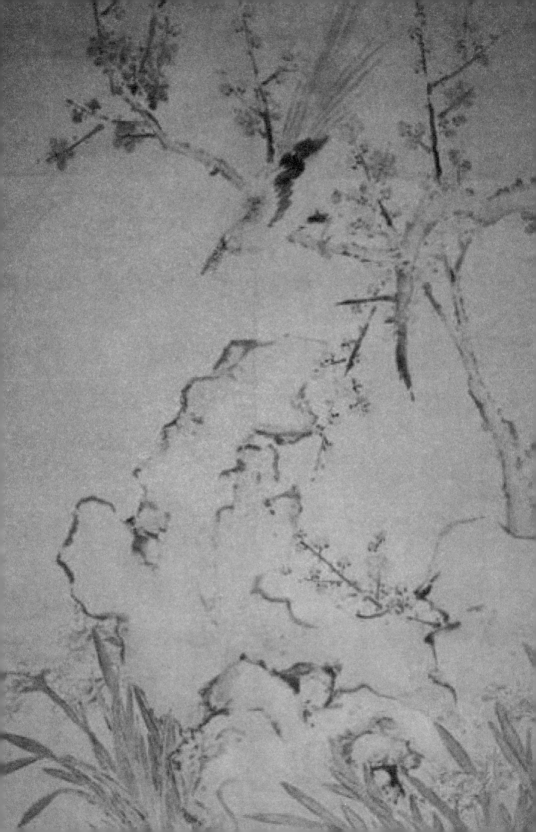

都道晚凉天气好，有明月，怕登楼。

年事梦中休②，花空烟水流。燕辞归，客尚淹留。垂柳不萦裙带住，漫长是，系行舟。

①心上秋："心"字上面加"秋"字，即"愁"字。②年事：年岁。

赏 析

忧愁是从何而来的呢？离别的人儿心里总是凄冷的秋天。就像芭蕉，即使不下雨，也会在秋风中发出飕飕的声音。都说晚凉天气好，有明月可赏；但离人却怕登楼，因为望月就会引起相思。时光流走，往事如梦不再来。花已落尽，江水如烟向东流。燕子已离巢飞走，我却不得不停留。垂柳也没有办法系住她的裙带，却长得系住了我的行船，不得随她而去。此是一首遣怀词。客居秋思而怀人，顺势自然，浑然天成。

望江南

吴文英

三月暮，花落更情浓。人去秋千闲挂月，马停杨柳倦嘶风。堤畔画船空。

恹恹醉①，尽日小帘栊②。宿燕夜归银烛外，流莺声在绿阴中，无处觅残红。

注 释

①恹恹：形容精神不振的样子。②帘栊：有珠帘的窗户。

赏析

　　这是一首伤春之词。暮春三月，花儿凋落，思念的感情更深。荡秋千的人离开了，秋千在月光中闲挂着，无人游玩。马儿系在杨柳边，在春风中嘶鸣。江堤边，船中空空无人。整天守着窗儿，没精打采，以醉解愁，夜烛光中，燕子飞回栖息，绿阴中传来黄莺的啼叫声。美好的春光很快就消逝了，连落花也找不到了。通过景物描写，表达了对远行人的思念，情深意切。

长相思·雨

万俟咏

　　一声声，一更更[1]。窗外芭蕉窗里灯，此时无限情。梦难成，恨难平。不道愁人不喜听，空阶滴到明。

注释

　　①一更更：一更接一更。更：古代报时，一夜分为五更。

赏析

　　这是一首写景遣怀的小词。写一个相思之人整夜难眠，只有听雨度过黑夜。雨一声接一声，更接一更不停在下。窗外雨打芭蕉，窗内愁人点灯难眠，这时心中有无限的情怀。无法入睡，好梦难成。此恨难消，这雨可不管忧愁的人喜不喜欢听，还是不停地下，屋檐上的水一直滴到天明。全词借听雨，表露出客居异乡触景而生的愁情。

菩萨蛮

魏夫人

溪山掩映斜阳里，楼台影动鸳鸯起。隔岸两三家，出墙红杏花。

绿杨堤下路，早晚溪边去^①。三见柳绵飞，离人犹未归^③。

①早晚：这里是随时、日日的意思。②离人：指情人、远行人。

赏 析

此词以家乡的美景入笔，抒写自己对离家三年的丈夫的思念与盼望之意。在夕阳的余晖中，溪水中倒映着山影，楼台的影子随波晃动，惊动鸳鸯。隔岸的溪边只有两三户人家，已有红杏从墙头探出头来。溪边有一条栽满绿杨的路，我每天都从这里到溪边去。我已经三次看到柳絮飞舞，离别的人却还没有回来。此词前面全是景物的描写，最后一句道出作者心意，显得含蓄委婉。

生查子·春日寓兴

汪莘

天上不知天，洞里休寻洞。洞府天宫在眼前^①，春日都浮动。

我自觉来看，他在迷时梦。觉则人人总是仙，步步乘鸾凤。

注释

①洞府天宫：神仙居住的地方。

谒金门

王庭筠

双喜鹊，几报归期浑错。尽做旧愁都忘却，新愁何处着？

瘦雪一痕墙角，青子已妆残萼。不道枝头无可落，东风犹作恶。

赏析

这是首闺怨词，抒写闺妇的痴望和怨愁。词作凄婉蕴藉，真切感人。

凤栖梧

王庭筠

衰柳疏疏苔满地。十二阑干，故国三千里。南去北来人老矣，短亭依旧残阳里。

紫蟹黄柑真解事。似倩西风，劝我归欤未。王粲登临寥落际，雁飞不断天连水。

赏析

这首遣怀词主要抒发作者深沉的思乡之情，含蓄表露忧国的心绪。词作寓情于景，情景交融，颇具诗情画意。

南歌子

王炎

山冥云阴重，天寒雨意浓。数枝幽艳湿啼红^①。莫为惜花惆怅对东风。

蓑笠朝朝出，沟塍处处通^②。人间辛苦是三农^③。要得一犁水足望年丰。

注释

①数枝幽艳湿啼红：形容花枝滴下水珠的情景。②沟塍(chéng)：水沟和田埂。③三农：借指春耕、春种、秋收。

赏析

这首词写的是农夫的生活，充满了对农民生活的理解与同情。山色昏暗，阴云密布，天气寒冷，雨水就要来了。数枝鲜花凝聚着水珠泛出楚楚动人的红色。那些文人将士们，不要因为惜花而在东风中叹息。农民们每天披蓑戴笠地劳作，使水沟田埂处处相通。人间最辛苦的就是春耕、夏种和秋收三季的劳作。农民们盼的是能有足够的雨水可供开犁耕作，来年才能望丰收。

桂枝香

王安石

登临送目，正故国晚秋①，天气初肃。千里澄江似练②，翠峰如簇。归帆去棹残阳里，背西风、酒旗斜矗。彩舟云淡，星河鹭起③，画图难足。

念往昔、繁华竞逐。叹门外楼头，悲恨相续。千古凭高，对此谩嗟荣辱。六朝旧事随流水，但寒烟衰草凝绿。至今商女，时时犹唱，《后庭》遗曲④。

注释

①故国：指金陵（今江苏南京），是六朝古都。②澄江似练：化用南朝诗人谢朓的名句"澄江静如练"。③星河：银河，借指长江。④"至今商女"三句：化用唐代诗人杜牧的诗句"商女不知亡国恨，隔江犹唱《后庭花》。"

赏析

这首词上片描写故都金陵深秋时节的壮丽景色。下片怀古感叹而寓伤时之意。王安石曾主张改革政治，在此词中他通过怀古谴责六朝君主"繁华竞逐"，不理政事。表现了对国事的隐忧以及励精图治的决心。

浪淘沙令

王安石

伊吕两衰翁，历遍穷通①。一为钓叟一耕佣。若

使当时身不遇，老了英雄。

汤武偶相逢，风虎云龙②。兴王只在笑谈中。直至如今千载后，谁与争功？

注释

①伊吕：伊尹和吕尚。伊尹是古代著名的政治家。曾佣耕于莘，后受汤王重视，辅佐汤王建立商朝。吕尚即人们通常所讲的姜太公，他晚年在渭水之滨垂钓遇到文王，受到重用，后辅佐其建立周朝。历遍穷通：历尽了生活中困顿和通达的日子。②汤武：商汤、周武王。风虎云龙：本义是风随虎出现。云随龙出现，比喻只有君主圣明才能有贤人出现。

赏析

此词中作者主要讲述了伊尹和吕尚的历史故事。他们一个是钓鱼的老者，一个是耕地的农夫。如果不是遇上了明主，也就只有老死乡野。只因为他们遇到汤王和武王，才得以风从虎，云随龙，谈笑间就使王业兴盛。作者借二人的事迹来起兴自己的远大理想和抱负。

浣溪沙

周邦彦

水涨鱼天拍柳桥，云鸠拖雨过江皋①。一番春信入东郊。

闲碾凤团消短梦②，静看燕子垒新巢，又移日影上花梢。

注释

①鱼天：这里指广阔的水面。江皋：江边。②凤团：一种美茶。

此词描绘了春日淡雅的风景以及悠闲的生活。上片写春临东郊所见，春水涨，鱼欢游，江水拍打着柳岸的桥墩，云鸠飞过江边，春雨就要来临。这一番春将临的消息先传来东郊。下片写居家的闲情逸致。闲在家里碾凤团茶消瞌睡，悠闲地看着燕子筑新巢，又见日影悄悄地移上花梢，时间就这样被打发走了。

御街行

无名氏

霜风渐紧寒侵被，听孤雁、声嘹唳①，一声声送一声悲。云淡碧天如水。披衣告语：雁儿略住，听我些儿事。塔儿南畔城儿里，第三个桥儿外，濒河西岸小红楼，门外梧桐雕砌。请教且与，低声飞过，那里有、人人无寐②。

①嘹唳（lì）：形容响亮而悠长的鸣叫。②人人：指所爱的人。

此词写法别具一格。通过对鸿雁的描写来传达对爱人的情意。秋风越来越紧，寒气能浸透棉被。听着离群的孤雁的悲鸣，一声传递一声悲。不能入睡，起身望天，只见云淡碧天如水。披衣告诉大雁：请稍稍等一等，听我说些心事。在那塔儿南边的城里，第三个桥边。临河西岸有一座小红楼，门外有棵梧桐树和雕花的台阶。请你放低声音

119

从那里飞过，因为那里有我心爱的人儿没法入睡。全词情意默默，深动感人。

如梦令

向滈

谁伴明窗独坐？和我影儿两个。灯烬欲眠时，影也把人抛躲。无那①，无那，好个恓惶的我！

注释

①无那：无奈。

赏析

这是首别具匠心的小令，抒发了作者内心孤独寂寞的情绪。有谁陪伴我在明窗下独坐？只有灯下我的影子。但就这影子也不能伴我长久，当灯欲燃尽时，影子也抛下我躲起来了。没办法，只剩下一个多么惊惶烦恼的我呀！以虚幻的影子为伴，这本身就表现了作者的孤独，但幻影还不能长久地陪伴他，进一步再现了作者深深的寂寞之情。

秦楼月

向子▢

芳菲歇①，故园目断伤心切。伤心切，无边烟水，无穷山色。

可堪更近乾龙节②，眼中泪尽空啼血。空啼血，子规声外③，晓风残月。

①芳菲歇：指春末百花凋残。②乾龙节：宋钦宗的生日，定名乾龙节。③子规：杜鹃鸟。

此词为遣怀词，词作寓情于景，伤春实则感怀，抒写出北宋亡国之痛。感情真挚，慷慨悲凉。

阮郎归·绍兴乙卯大雪行鄱阳道中①

向子□

江南江北雪漫漫，遥知易水寒②。同云深处望三关③，断肠山又山。

天可老，海能翻，消除此恨难。频闻遣使问平安④，几时銮辂还⑤？

①鄱阳：今江西波阳。②易水寒：借指北方被金人占领的土地。③同云：彤云，下雪时的阴云。④遣使问平安：指宋高宗几次派人到金营慰问被俘的徽宗、钦宗。⑤銮辂（lù）：帝王车驾。

此词为作者归隐山林时所作。作者伤悼徽、钦二帝之北狩，实则寄托了其忧国忧民的心情。

生查子

向子□

春心如杜鹃[1]，日夜思归切。啼尽一川花[2]，愁落千山月。

遥怜白玉人[3]，翠被余香歇。可惯独眠寒，减动丰肌雪[4]。

注释

[1]杜鹃：杜鹃鸟，鸣声似"不如归去"，令人思归。[2]花：指杜鹃花。[3]白玉人：形容作者的恋人。[4]丰肌雪：形容肌肤丰腴，洁白如雪。

赏析

此词善用修辞手法，变化的手段写尽相思。末句"减动丰肌雪"更为妙绝。

青玉案·元夕[1]

辛弃疾

东风夜放花千树，更吹落、星如雨。宝马雕车香满路。风箫声动，玉壶光转[2]，一夜鱼龙舞。

蛾儿雪柳黄金缕[3]，笑语盈盈暗香去。众里寻他千百度，蓦然回首，那人却在，灯火阑珊处[4]。

①元夕：元宵，农历正月十五。②玉壶：花灯的一种。③蛾儿雪柳：都是妇女的头饰。④阑珊：零落。

赏 析

这首词描写元宵节时的热闹景象。春风吹放了元宵夜上的千树花，更吹落了如雨的星——烟火。人们骑着马，乘着香车来逛花灯，一路上芳香满路。只听风箫声响，月光遍转，还有暗香在身后飘散。在人海中千百次寻找那个"她"，猛然回头，她却在灯火疏落的地方。词中的那位独居幽处的美好形象正是词人的自画像，作者对她寄托深意，表达了自己不愿随波逐流的品格。"蓦然回首"句是名句。

西江月·夜行黄沙道中

辛弃疾

明月别枝惊鹊，清风半夜鸣蝉。稻花香里说丰年，听取蛙声一片。

七八个星天外，两三点雨山前。旧时茅店社林边①，路转溪桥忽见。

注 释

①社林：土地庙边的树林。

赏 析

此词描写作者夜行黄沙道中的见闻。明月当空，栖息在树桠上的乌鹊因月明如昼而惊得飞起，半夜里，清风吹送，传来阵阵蝉鸣声。田里，稻花飘香，蛙声阵阵，好像在预报着一个丰收年。天边点缀着七八颗星，山前落下两三点雨，雷就要到来。这时，小路一转，就看到一座架在小溪上的石桥，社林边有一家早就相识的茅店，顿觉欣喜异常。全词所用词句转换自然，寓意深沉。

祝英台近·晚春

辛弃疾

宝钗分，桃叶渡，烟柳暗南浦。怕上层楼①，十日九风雨。断肠片片飞红，都无人管，倩谁唤、流莺声住？

鬓边觑②，试把花卜归期，才簪又重数③。罗帐灯昏，呜咽梦中语：是他春带愁来，春归何处，却不解、带将愁去。

注释

①层楼：高楼。②鬓边觑（qù）：看到鬓边插着的花。觑：斜视。③数：指数花瓣以定归期。

赏析

作者在此词中描写了一个闺中少妇伤春伤别的情景，极尽柔婉的手法，把她的多愁善感、柔媚情深、娇嗔天真等刻画得细致入微，出神入化。

水龙吟·登建康赏心亭

辛弃疾

楚天千里清秋，水随天去秋无际。遥岑远目①，献愁供恨，玉簪螺髻②。落日楼头，断鸿声里③，江南游子，把吴钩看了④，阑干拍遍，无人会，登临意。

休说鲈鱼堪脍⑤，尽西风，季鹰归未？求田问舍⑥，怕应羞见，刘郎才气。可惜流年，忧愁风雨，树犹如此。倩何人，唤取红巾翠袖，揾英雄泪。

注释

①遥岑：远山。②玉簪（zān）螺髻：形容山形秀丽。③断鸿：失群的孤雁。④吴钩：宝刀名。借指名贵的刀。⑤休说鲈鱼堪脍（kuài）：以下三句指晋代张翰（字季鹰）见秋风起而思念家鲈鱼脍等美味，辞官还乡。⑥求田问舍：以下三句指三国时刘备责备友人求田地问房屋，不忧国忘家。

赏析

此词主要写作者恢复祖国山河的远大抱负，也抒发了愿望无法实现的英雄失意感慨。全词用典贴切，"以文为词"，是一篇人们极为推崇的佳作。

鹧鸪天·代人赋

辛弃疾

陌上柔桑破嫩芽，东邻蚕种已生些。平岗细草鸣黄犊，斜日寒林点暮鸦。

山远近，路横斜，青旗沽酒有人家①。城中桃李愁风雨，春在溪头荠菜花。

注释

①青旗：酒店的市招。

赏析

这首词描绘了江南农村充满生机的春日图景，含蓄地表达了对农村生活的热爱。田埂两边的桑枝上已绽出了嫩芽，东邻家的蚕种已经孵化了些出来。小山坡上小草青翠，小黄牛在高兴地鸣叫：傍晚时分寒林里飞来几只晚归的乌鸦。远远近近都有山，道路横的也有、斜的也有，有一户人家挂着酒旗卖酒。城中桃树李树都在风雨中发愁，而溪头的荠菜花正开得繁盛。

鹧鸪天·鹅湖归病起作

辛弃疾

枕簟溪堂冷欲秋，断云依水晚来收。红莲相倚浑如醉，白鸟无言定自愁。

书咄咄①，且休休②，一丘一壑也风流③。不知筋力衰多少，但觉新来懒上楼。

注释

①书咄咄：指殷浩在罢免后成天对空中虚写"咄咄怪事"四个字。②休休：罢休。③一丘一壑：一山一水。

中国青少年必读名著

赏析

　　这首词写傍晚溪堂卧见夏秋之交的景色，表达了词人对朝廷废官的不满。睡在溪堂的席子上已觉得有些凉了，知道秋天就要来了。飘浮在水面上的云彩在傍晚时候慢慢地消失了。池塘里的莲花相互依偎，就像喝醉了一样。岸上的白鸟默默地不叫，一定是在发愁吧。哎呀，还是算了吧。隐居深山也很有风韵呢。但这一病之后，不知我的体力又衰弱了多少，只觉得近来都懒得上楼了。

鹧鸪天·有客慨然谈功名因追念少年时事戏作

辛弃疾

　　壮岁旌旗拥万夫，锦襜突骑渡江初。燕兵夜娖银胡䩇①，汉箭朝飞金仆姑②。

　　追往事，叹今吾，春风不染白髭须。却将万字平戎策③，换得东家种树书。

注释

　　①胡䩇：箭袋。②金仆姑：箭名。③却将万字平戎策：以下二句指隐居农村。

赏析

　　这首词是作者对自己的一生的总结回顾，充满了英雄壮志未酬的失意。此词上片忆往昔，追想青年时的壮举；下片则写"流光容易把人抛"，委婉地表达出了被废置不用的深沉感叹。

破阵子·为陈同甫赋壮词以寄之

辛弃疾

醉里挑灯看剑，梦回吹角连营。八百里分麾下炙，五十弦翻塞外声。沙场秋点兵。

马作的卢飞快①，弓如霹雳弦惊。了却君王天下事②，赢得生前身后名。可怜白发生③。

①的卢：良马名。②了却君王天下事：指收复中原。③可怜白发生：指头发白了还未实现平生的壮志。

赏析

这首词以自己年轻时参加起义军时的战斗经历和雄心抱负来勉励陈同甫，也抒发了作者自己壮志难酬的悲愤。词的特点在于采用浪漫主义与现实主义的虚实结合方法，表现了词人的宏大抱负。壮和悲、理想和现实，形成了强烈的对照。

南乡子·登京口北固亭有怀

辛弃疾

何处望神州？满眼风光北固楼。千古兴亡多少事？悠悠，不尽长江滚滚流。

年少万兜鍪①，坐断东南战未休。天下英雄谁敌手？曹刘②。生子当如孙仲谋③。

注释

①万兜鍪（móu）：指率有众多军队。兜鍪：头盔。 ②曹刘：曹操和刘备。③生子当如孙仲谋：这是曹操对年轻有为的孙权的赞语。

赏析

这首词写作者登临北固亭抚今追昔，希望出现如孙权一样的英雄人物统率千军、一统中原。登上北固亭远望，眼中只见无限风光，但何处是神州？在这块土地上，自古以来发生过多少事呀？岁月悠悠诉不尽，就像这长江之水滚滚东流。想当年这块土地上曾有多少英雄，统率千军万马，占据东南，与敌奋战不已。天下英雄中谁能与他称为"敌手"？只有曹操和刘备。连曹操也感叹说：生儿子就要生像孙权这样的人。

摸鱼儿

淳熙己亥，自湖北漕移湖南，同官王正之置酒小山亭，为赋。

辛弃疾

更能消、几番风雨，匆匆春又归去。惜春长怕花开早，何况落红无数。春且住，见说道，天涯芳草无归路。怨春不语。算只有殷勤，画檐蛛网，尽日惹飞絮。

长门事①，准拟佳期又误。蛾眉曾有人妒。千金纵买相如赋，脉脉此情谁诉？君莫舞。君不见，玉环飞燕皆尘土②！闲愁最苦。休去倚危阑，斜阳正在，烟

柳断肠处。

注释

①长门事：以下五句说汉代陈皇后失宠后住长门宫，用千金请司马相如写《长门赋》，皇帝读后，复加宠爱。②玉环：唐玄宗宠妃杨贵妃。飞燕：汉成帝宠后赵飞燕。

赏析

在此词中，作者用香草来比喻美人，借一个女子惜春、留春、怨春的情感，表达自己年华虚度、有志难展的郁闷。这首词"敛雄心，抗高调、变温婉、成悲凉"，抒写出了沉痛的爱国热情和强烈的愤慨，"肝肠似火，色貌如花"。其语句哀婉缠绵，深切感人。

菩萨蛮·书江西造口壁

辛弃疾

郁孤台下清江水，中间多少行人泪。西北望长安①，可怜无数山。

青山遮不住，毕竟东流去。江晚正愁予，山深闻鹧鸪②。

注释

①长安：借指北宋都城汴京。②闻鹧鸪：指听到鹧鸪那好似"行不得也哥哥"的叫声，更使自己因收复失地的抱负不能实现而发愁。

这首词是辛弃疾较具有代表性的作品,抒发了作者对时世的忧郁和担心。上片愤怒地控诉了金兵的侵略罪行;下片即景抒情,指出青山虽然遮住了人们仰望中原的视线,却挡不住滚滚向前的流水。作者用大江东去比作不可抗拒的历史潮流,来说明抗战意志的不可阻挡。

清平乐·村居

辛弃疾

茅檐低小,溪上青青草。醉里吴音相媚好,白发谁家翁媪①?

大儿锄豆溪东,中儿正织鸡笼。最喜小儿亡赖②,溪头卧剥莲蓬。

注释

①媪（ǎo）:老妇。②亡赖:无赖,这里指顽皮。

赏析

这首词描绘了一个快乐和谐的五口之家,茅屋的房檐又低又小,紧靠着溪边。溪边有青青的嫩草,谁家的老公公和老婆婆在对饮,醉后用柔媚好听的吴地口音说话。大儿子在溪东锄草,二儿子在编鸡笼,最喜爱的小儿子调皮可爱,卧在溪边剥吃莲蓬。

卜算子

辛弃疾

刚者不坚牢，柔底难摧挫①。不信张开口角看，舌在牙先堕。

已阙两边厢，又豁中间个。说与尔曹莫笑翁，狗窦从君过②。

注释

①刚者：这里指牙齿。柔：这里指舌头。②尔曹：你们。"狗窦"句：这是与儿孙们开的玩笑。

赏析

这是一首幽默风趣的词作。刚硬的反而不坚牢，柔软的反而难被折断。不信张开嘴给你们瞧瞧，舌头还在而牙齿已早掉了。已掉了两边的牙齿，又缺了中间的牙。谈给儿孙们听，你们可别笑老爷爷，这个狗洞你们可以从这里穿过。读罢给人以轻松愉快的感觉。

清平乐·独宿博山王氏庵

辛弃疾

绕床饥鼠，蝙蝠翻灯舞①。屋上松风吹急雨，破纸窗间自语。

平生塞北江南②，归来华发苍颜。布被秋宵梦觉，

眼前万里江山。

赏析

这首词抒写了作者罢官后孤独苦闷的心理，同时也写出作者不忘统一大业的壮志雄心。几只饿鼠绕着床铺觅食，蝙蝠乱飞撞翻了油灯。屋外松声涛涛，急雨风骤，风吹着破窗纸，如人在喃喃自语。想起自己一生为抗金大业奔波在塞北江南，回来已经白发苍苍。在这样的秋夜从床上惊醒，眼前又浮现出祖国的万里江山。

永遇乐·京口北固亭怀古

辛弃疾

千古江山，英雄无觅，孙仲谋处①。舞榭歌台，风流总被，雨打风吹去。斜阳草树，寻常巷陌，人道寄奴曾住②。想当年，金戈铁马，气吞万里如虎。

元嘉草草③，封狼居胥，赢得仓皇北顾。四十三年，望中犹记，烽火扬州路。可堪回首，佛狸祠下④，一片神鸦社鼓。凭谁问，廉颇老矣⑤，尚能饭否？

注释

①孙仲谋：孙权，三国时曾建都京口（今江苏镇江），威镇江

东。②寄奴：南朝宋武帝刘裕的小名，他曾北伐中原。③元嘉草草：以下三句写南朝宋文帝在元嘉年间草率北伐，遭致大败。④佛狸(lí)：北魏太武帝拓跋焘的小名。他曾南攻到长江一带。⑤廉颇：赵国名将，年老后，赵王仍欲起用他，派人去察看他饭量如何，是否身体健壮。

赏析

这是一篇脍炙人口的传世之作。全词悲壮沉痛，一句"凭谁问，廉颇老矣，尚能饭否？"充分表达出作者壮志未酬的深深失意。用典很多，但贴切深刻，艺术感染力极强，是辛弃疾的代表作之一。

丑奴儿·书博山道中壁①

辛弃疾

少年不识愁滋味，爱上层楼。爱上层楼，为赋新词强说愁②。

而今识尽愁滋味，欲说还休③。欲说还休，却道天凉好个秋。

注释

①书博山道中壁：写在去博山途中驿站的墙上。②不识：不懂得。强说愁：硬要谈愁。③欲说还休：形容难以言传的样子。

赏析

这首词是作者被贬迁后闲居时所作，概括了作者大半生的经历及感受，以少年不识愁滋味的单纯，反衬晚年历经无数曲折坎坷后的复杂感受。少时阅历少，不懂得愁的滋味，

爱上高楼玩，不识愁还要勉强说些有愁之类的诗句。现在已尝尽了愁苦的滋味，想说出来却无法说。既然无法说愁闷，只好说些言不由衷的题外话：天气凉了，秋天真好啊。全篇论愁，实则寄寓忧国忧民、投报无门的怨愤。表述曲折，蕴含深沉。

临江仙·与客湖上饮归

叶梦得

不见跳鱼翻曲港，湖边特地经过。萧萧疏雨乱风荷。微云吹尽散，凉月堕平波。

白酒一杯还径醉，归来散发婆娑①。无人能唱采莲歌。小轩欹枕簟，檐影挂星河。

注释

①婆娑：舞蹈。

赏析

此词清新自然，情景优美。

如梦令

严蕊

道是梨花不是，道是杏花不是。白白与红红①，别是东风情味。曾记，曾记，人在武陵微醉②。

①白白与红红：指红白桃花，即一树花分别有白、红两种花色。②武陵：桃花源。

赏析

此词为一首咏桃花之词。

剑器近

袁去华

夜来雨。赖倩得、东风吹住。海棠正妖娆处，且留取。

悄庭户。试细听、莺啼燕语。分明共人愁绪，怕春去。

佳树。翠阴初转午。重帘未卷，午睡起、寂寞看风絮。偷弹清泪寄烟波，见江头故人，为言憔悴如许。彩笺无数，去却寒暄，到了浑无定据。断肠落日千暮。

赏析

此词一气呵成，语淡情深。末句刻画暮色中的落日和千山，似乎也在为词人献愁供恨，更觉相思之情不能自已。

好事近

杨万里

　　月未到诚斋，先到万花川谷①。不是诚斋无月，隔一林修竹。

　　如今才是十三夜，月色已如玉。未是秋光奇绝②，看十五十六。

注释

　　①诚斋：杨万里为书房取的名。万花川谷：杨万里的花园名。②未是：指十三夜还不是。奇绝：奇异美好。

赏析

　　这是一首咏月词，并没把笔触放在最美的十五的月上，而是由十三夜月色的美，使人联想到十五夜月色的"奇绝"。题意独特，深有韵味。

昭君怨·咏荷上雨

杨万里

　　午梦扁舟花底①，香满西湖烟水。急雨打篷声，梦初惊。却是池荷跳雨，散了真珠还聚②。聚作水银窝，泛清波。

①扁舟：小船。②真珠：即珍珠。

这首词短小，其独特之处在于把梦境与现实相结合，虚与实相映，给人无限的美感。上片写梦境。午睡的时候，我梦见自己乘一叶扁舟荡漾在西湖的荷花丛中，西湖上，荷花飘香，烟雨迷蒙。忽然听到急雨敲打船篷的声音，才从梦中惊醒。下片写醒后的实景。醒来后却见窗外的池塘里，雨水在荷叶上跳动，一颗颗像珍珠，散了还聚，最后聚在荷叶中心，就像一窝水银，泛着清波。全词给人以无尽的美感，清丽自然。

昭君怨·松上鸥

杨万里

偶听松梢扑鹿①，知是沙鸥来宿。稚子莫喧哗②，恐惊他。俄顷忽然飞去③，飞去不知何处。我已乞归休④，报沙鸥。

①扑鹿：象声词。②稚子：小孩子。③俄顷：一会儿，形容时间很短。④乞归休：向朝廷乞求告老还乡。

这首词是作者借沙鸥来表达自己归隐山林的愿望。古时人们认为沙鸥是隐者的伴侣。偶然听到松树梢头一声响，知道是沙鸥来栖息了。孩子们，不要喧哗，怕惊着它，不一会儿，它忽然飞走了，不知飞到哪里去了。沙鸥呀，告诉你，我已经向朝廷请求告老还乡了。

小重山

岳飞

昨夜寒蛩不住鸣①，惊回千里梦，已三更。起来独自绕阶行，人悄悄，帘外月胧明②。

白首为功名，旧山松竹老，阻归程。欲将心事付瑶琴③，知音少，弦断有谁听？

注释

①寒蛩：指蟋蟀。②月胧明：形容月色朦胧。③瑶琴：以美玉装饰的琴。

赏析

岳飞是我国宋朝抗金名将。但他的抗金主张受到当时奸人的阻挠和迫害。在这样的情况下，他写出了自己的感叹。昨夜蟋蟀不住地鸣叫，我梦见了千里之外的中原故地，忽然惊起，已三更时分。起来独自绕阶走，夜静人寂，只有窗外月色朦胧。我为保国白了头发，多想在故乡的松竹间终老，却被阻断了归程。想要把心事托付给瑶琴，但知音太少，弦已断。谁来听我的心事啊？

满江红·登黄鹤楼有感

岳飞

　　遥望中原，荒烟外，许多城郭。想当年，花遮柳护，凤楼龙阁①。万岁山前珠翠绕②，蓬壶殿里笙歌作③。到而今，铁骑满郊畿，风尘恶④。兵安在？膏锋锷⑤。民安在？填沟壑。叹江山如故，千村寥落⑥。何日请缨提锐旅⑦，一条直渡清河洛⑧？却归来⑨，再续汉阳游，骑黄鹤。

注释

　　①凤楼龙阁：指皇宫内的宫殿楼阁。②万岁山：宋徽宗时所建的大型宫廷园林。珠翠：借指后宫妃嫔。③莲壶殿：万岁山中的一座宫殿。④风尘：这里指战乱。⑤膏锋锷：指士兵死于刀剑之下。⑥寥落：形容人烟稀少，荒凉冷落的样子。⑦请缨：请战。提：率领。锐旅：指精锐的部队。⑧河洛：指黄河和洛河流域。⑨却：返回。

赏析

　　此词抒发了作者心怀天下的袒荡胸怀和抗敌卫国的英雄气概。遥望中原故地，只见很多城郭隐没于荒烟外。想当年，天子的宫殿花遮柳护。万岁山前妃嫔环绕，蓬壶殿里笙歌不停。到现在，故都的郊外任由敌人的铁骑践踏，到处起战乱。大宋的抗敌将士在哪里？都死在敌人的刀箭之下。大宋的百姓在哪里？他们的尸体填满了沟壑。感叹江山依然像从前，但千村冷落，什么时候能让我再率精兵直渡河洛？等我们回来的时候，再如往日骑鹤重游这汉阳城。

满江红·写怀

岳飞

怒发冲冠，凭栏处、潇潇雨歇。抬望眼，仰天长啸，壮怀激烈。三十功名尘与土，八千里路云和月。莫等闲，白了少年头，空悲切。

靖康耻①，犹未雪。臣子恨，何时灭。驾长车、踏破贺兰山缺②。壮志饥餐胡虏肉③，笑谈渴饮匈奴血。待从头、收拾旧山河，朝天阙④。

注释

①靖康耻：指宋钦宗靖康二年（1127年）金兵占领中原及北宋京城，俘获宋徽宗、宋钦宗。 ②贺兰山：借指金兵占领的北方。缺：残缺。 ③胡虏：与下句的"匈奴"均借指金兵。④天阙：皇帝的宫殿。

赏析

这是首洋溢着爱国主义豪情的词作，当时的北宋朝廷昏庸无能，不图恢复旧河山，作者的抗金主张遭到重重阻挠，因此作者奋笔写下了这首抒怀词。此词上片表其壮怀，虽屡建奇功，但中原未复，仍以珍惜年华自勉。下片言其抱负：雪国耻，捣敌巢，复故土。这首词脉络清晰，情意深远，是一篇传世之作，曾为人谱成曲歌唱。

临江仙

晏几道

梦后楼台高锁，酒醒帘幕低垂。去年春恨却来时①。落花人独立，微雨燕双飞。

记得小□初见②，两重心字罗衣③。琵琶弦上说相思。当时明月在，曾照彩云归。

注释

①却来：又来。②小□：歌女名。后"彩云"亦是。③两重心字：比喻心心相印。心字罗衣：绣有心字图案的丝绸衣服。

赏析

此词语言浅近而优美。上片写今日的相思，下片追忆昔日的相见。这首词不仅有以情感主宰时空的特点，而且借景现情。酒醒后从梦中醒来，只见楼台高锁，帘幕低垂。去年春天的离恨又浮现在眼前。一个人站在飘满落花的院中，但见微雨中燕子双双飞来飞去。记得与心上人刚见面的时候，她穿着绣着两重心字的薄罗衫，借助琵琶诉说心中的情思。那天晚上也是这样明月当空，照着她如彩云般飘走。其中"落花人独立，微雨燕双飞"是千古名句。

思远人

晏几道

红叶黄花秋意晚，千里念行客①。飞云过尽，归

鸿无信，何处寄书得？

泪弹不尽临窗滴，就砚旋研墨②。渐写到别来，此情深处，红笺为无色。

注释

①千里念行客：即"念千里行客"之意。思念千里之外的远行人。②旋：立刻。

赏析

此词调名与词题相合，主题在于"思远人"。此词紧扣"信"，书写别后对远行人的思念之情。上片写没有收到信，下片借眼泪研墨写信，来表达相思，可谓妙绝。末句不说红笺因泪湿褪色，却说是情深而使红笺无色，则更为巧妙。

生查子

晏几道

关山魂梦长，塞雁音书少。两鬓可怜青①，只为相思老。

归傍碧纱窗，说与人人道②。真个别离难③，不似相逢好。

注释

①可怜：可爱。②人人：指所爱的人。③真个：口语，真是、真的。

赏析

此词语言直截了当，情真意切，写尽相思之苦，我们远隔关山，连魂梦都变得长了，家中爱人所寄的书信又是那么少。原来漂亮的青丝，只因为相思的绵长都变得白了。回到屋里靠着碧翠的纱窗，想跟爱人说："真个别离难啊，不似相逢好。"全词语言真实亲切，于平淡中见韵味。

蝶恋花

晏几道

梦入江南烟水路，行尽江南，不与离人遇。睡里消魂无说处，觉来惆怅消魂误。

欲尽此情书尺素①，浮雁沉鱼，终了无凭据。却倚缓弦歌别绪，断肠移破秦筝柱②。

注释

①尺素：书简。②缓弦：指低沉的琴声。移破：弹遍。

赏析

此词由入梦入笔，书写与情人别离后的愁绪。梦中到了江南烟水迷濛的地方，游遍江南，也没有遇到与我离别的人。梦里的消魂无处可诉，醒来更觉这惆怅消魂。想要把这段感情写在信中，但雁在天际，鱼在水底，终于还是没有办法，回头来借琴弦歌咏这离别的愁绪。但弹断筝柱乃是令人断肠的声音。这首词抒写相思之情，由怀人入梦无寻，又欲寄信无从，再弹琴排遣，层层深入。

鹧鸪天

晏几道

彩袖殷勤捧玉钟①，当年拼却醉颜红②。舞低杨柳楼心月，歌尽桃花扇底风。

从别后，忆相逢，几回魂梦与君同。今宵剩把银钉照③，犹恐相逢是梦中。

注释

①彩袖：这里借衣袖指歌女。玉钟：酒杯的美称。②拼却：不惜。③剩把：尽把，只管把。钉：灯。

赏析

此词描写作者与一个熟识的歌女久别重逢的情景。非常真实感人。上片回忆当初在一起时宴乐的情景。歌女举杯频频劝酒，作者舍命相陪，喝得满脸通红。歌女舞到楼头月低柳梢，唱到桃花扇已懒得起风。下片描写久别重逢后的喜悦心情。与君离别后，常回忆起相逢的时候，有多少次梦中与你在一起，今宵尽管把银灯熄了又照，还是担心我们的相逢是在梦中。

鹧鸪天

晏几道

小令尊前见玉箫①，《银灯》一曲太妖娆②。歌中醉倒谁能恨，唱罢归来酒未消。

春悄悄，夜迢迢，碧云天共楚宫遥③。梦魂惯得无拘检，又踏杨花过谢桥④。

注释

①小令：宋词中的短调称小令。玉箫：人名，借指歌女。②妖娆：形容歌声美妙。③楚宫：用楚襄王梦神女的故事，借指歌女住处。④谢桥：化用唐代诗人张泌的诗句"别梦依依到谢家"，借指歌女住处。

赏析

此词清新明净，隽雅含蓄。

木兰花

晏殊

绿杨芳草长亭路，年少抛人容易去①。楼头残梦五更钟，花底离愁三月雨。

无情不似多情苦，一寸还成千万缕，天涯地角有穷时②，只有相思无尽处。

注释

①去：离开。②穷：尽。

赏析

此词是一位女子思念情郎时的心理活动的真实写照。上片回忆与情人离别的情景以及别后的思念之苦。在绿柳依依、芳草萋萋的长亭路边，年轻的情郎离我而去。我常常被楼头

五更的钟声惊醒梦境，这离愁之苦就像三月的风雨吹落了花朵。下片写思妇对情郎的无尽相思。无情的人没有多情的人愁苦，一寸思念还会被分成千丝万缕。天涯海角都有尽头，只有相思没有尽头。末句以天涯海角的无尽头来突出相思的无穷尽，十分巧妙。

踏莎行

晏殊

小径红稀①，芳郊绿遍。高台树色阴阴见②。春风不解禁杨花③，濛濛乱扑行人面④。

翠叶藏莺，朱帘隔燕。炉香静逐游丝转⑤。一场愁梦酒醒时，斜阳却照深深院⑥。

注释

①红稀：指花稀疏。②阴阴见：暗暗显露。③解：懂得。④濛濛：细雨飘洒的样子。这里形容杨花乱飞的情形。⑤游丝：指飘在空中的蛛丝一类的东西。⑥却：仍，还。

赏析

这是一首描绘暮春初夏景象，抒写时序流逝轻愁的小词。全词景色优美：小路两旁已稀稀落落地开放着朵朵红花，郊外已绿草满野。高台已笼罩在隐隐的绿荫下。春风不知道约束杨花，让它们漫天飘飞，扑在行人的脸庞上。翠绿的树叶中藏着婉转的黄莺。朱红的帘幕挡着燕子归巢。香炉的烟静静地跟着游丝飘。因愁而醉，此刻酒醒了。斜阳还照着深深的庭院。全篇意境浑然一体，语言流利，格调和婉，功力深厚。

破阵子

晏殊

　　燕子来时新社①，梨花落后清明。池上碧苔三四点，叶底黄鹂一两声，日长飞絮轻。

　　巧笑东邻女伴，采桑径里逢迎。疑怪昨宵春梦好，原是今朝斗草赢②，笑从双脸生。

注释

　　①新社：春社，祭祀土神的节日。②斗草：古代妇女采草进行比赛的一种游戏。

赏析

　　此词上片写暮春的景象。燕子飘然飞来的时候正是春社，梨花谢后就是清明。池中有三四点绿苔，叶间藏着的黄鹂发出了一两声啼鸣。白日加长，柳絮轻飞。下片写农家女相遇对答的情景，富有生活情趣。东邻女伴笑吟吟地走了过来，在采桑的路上相遇了，难怪昨晚我做了一个好梦，原来是今天斗草赢了。说完又笑了起来。全词清新自然，俨然一幅乡间美画。

浣溪沙

晏殊

　　一曲新词酒一杯，去年天气旧亭台①，夕阳西下几时回？

　　无可奈何花落去，似曾相识燕归来，小园香径独徘徊②。

注释

①旧亭台：旧日的亭台。②香径：飘满落花的小路，还散发着落花残香。

赏析

把酒吟咏着一曲新填的词，边饮边吟，忽觉此时与去年一样，也是这样的暮春天气，也是眼前这样的亭台，但一切仿佛又不一样了。夕阳落下后什么时候能再回来呢？春花坠落这是谁也没有办法阻挡的，那归来的燕子似乎是旧相识，但毕竟不是过去的燕子了。我在小园飘满落花的小径上独自徘徊。感悟到了时光一去不再来，那似曾相识的都不再是原来的东西。词人在饮酒吟咏之际，感悟到人生的哲理。其末句"无可奈何花落去，似曾相识燕归来"工巧而流利，风韵天成。

诉衷情

晏殊

芙蓉金菊斗馨香①，天气欲重阳。 远村秋色如画，红树间疏黄②。

流水淡，碧天长，路茫茫。凭高目断，鸿雁来时，无限思量。

注释

①斗：争。②间：间杂，夹杂。

赏析

　　这是作者被贬淮阳六年期间作所。充满了万般愁绪。看到芙蓉与黄菊争香斗艳，马上就到重阳节了。远处的村落里秋色如画，火红的树中夹杂着稀疏的黄叶。秋水无波，碧空万里，路茫茫。站在高处远眺，看着鸿雁南飞，引起无限的思绪。全词自然流畅，把自己的心境与景物相结合起来。

蝶恋花

晏殊

　　槛菊愁烟兰泣露①，罗幕轻寒，燕子双飞去。明月不谙离恨苦，斜光到晓穿朱户。

　　昨夜西风凋碧树，独上高楼，望尽天涯路。欲寄彩笺兼尺素②，山长水阔知何处。

注释

　　①槛菊愁烟：园里的菊花被轻烟薄雾笼罩，如在发愁。槛：花园的围栏。兰泣露：兰草带露珠，如在哭泣。②彩笺：精美的纸。这里指写在上面的诗词。尺素：指书信。

赏析

　　这首词本写闺思，前片取境较小，风格偏于柔婉。下片风格近于悲壮，境界开阔，尤其是"昨夜西风凋碧树"句更能使人由普通的思念之情上升到对人生的感悟。上下片在境界、风格上都有所异。

摸鱼儿

元好问

　　问世间，情为何物，直教人生死相许？天南地北双飞客，老翅几回寒暑。欢乐趣，离别苦，就中更有痴儿女。君应有语，渺万里层云，千山暮雪，只影向谁去？

　　横汾路，寂寞当年箫鼓，荒烟依旧平楚。招魂①楚些何嗟及，山鬼②暗啼风雨。天也妒，未信与，莺儿燕子俱黄土。千秋万古，为留待骚人，狂歌痛饮，来访雁邱处。

注释

　　①招魂：《楚辞·招魂》序："宋玉哀屈原忠而斥弃，愁懑山泽、魂魄放佚，厥命将落，故作《招魂》欲以复其精神。"②山鬼：《楚辞·九歌》篇名，有"东风飘兮神灵雨"之句。

赏析

　　这首咏物词抒写大雁殉情而死的动人故事，实际上寓意作者对人世间青年男女追求爱情的赞颂。全篇充满激情，温婉蕴藉，给人回味无穷。

鹧鸪天·薄命妾①辞

元好问

颜色如花画不成，命如叶薄可怜生。浮萍自合

无根蒂，杨柳谁教管送迎。

云聚散，月亏盈，海枯石烂古今情。鸳鸯只影江南岸，肠断枯荷夜雨声。

注释

①薄命妾：乐府曲辞名。

赏析

这首词多用比喻手法，抒写了女主人公的悲惨命运，也暗喻作者自身命运的坎坷和忧国的激情。描述生动、形象。

清平乐·太山①上作

元好问

江山残照，落落舒清眺。涧壑风来号万窍，尽入长松悲啸。

井蛙瀚海云涛，醯鸡②日远天高。醉眼千峰顶上，世间多少秋毫！

注释

①太山：即泰山，在今山东。②醯（xī）鸡：醋瓮中的蠛蠓（miè měng），一种小虫。瓮子有盖盖着，不见天日，一旦揭去盖子，它就见到天了。

赏析

这首词表述了作者对自然美景的赞叹和对世事得失的闲淡心情。

清平乐

元好问

离肠宛转，瘦觉妆痕残。飞去飞来双语燕，消息知郎近远。

楼前小雨珊珊，海棠帘幕轻寒。杜宇一声春去，树头无数青山。

赏析

这是一首情词，表述自然流畅，言浅意深。

蝶恋花

朱淑真

楼外垂杨千万缕，欲系青春①，少住春还去。犹自风前飘柳絮，随春且看归何处。

绿满山川闻杜宇②，便做无情，莫也愁人苦。把酒送春春不语，黄昏却下潇潇雨。

注释

①欲系青：挽留春光的意思。系：拴住。②杜宇：杜鹃鸟。

赏析

此词清新自然，表现出作者对春的爱怜之情，以及对留不住春的无奈。楼外垂柳飘着千万缕枝条，想要系住春天。可春天只是停留了一阵子就要归去了。就让柳絮在风中漫舞吧。让它跟随春天去看看春天回到哪里去了。山野一片翠绿，不时听到阵阵杜鹃的啼鸣，像在催春归去。杜鹃就是无情也不该这样增加忧愁者的痛苦呀。举起酒杯送春，但春却默默无语，只是在黄昏时下了一场渐渐沥沥的雨，这雨让人猜不透春这时是什么样的心情。"把酒"句成为传世名句。

眼儿媚

朱淑真

迟迟春日弄轻柔①，花径暗香流②。清明过了，不堪回首，云锁朱楼。午窗睡起莺声巧，何处唤春愁？绿杨影里，海棠亭畔，红杏梢头。

注释

①迟迟：形容日长而暖。轻柔：指杨柳的柔嫩枝条。②暗香：幽香。

赏析

这首词借春景写愁。景物变化多端，暗寓作者心情的复杂不定，愁思无处不在。

菩萨蛮

朱淑真

山亭水榭秋方半①，风帏②寂寞无人伴。愁闷一番新，双蛾③只旧颦。

起来临绣户，时有疏萤④度。多谢月相怜，今宵不忍圆。

①秋方半：仲秋时节。②凤帏：绣着鸾凤的帐幔。③双蛾：双眉。旧：依旧。颦（pín）：皱眉。④疏萤：稀稀疏疏几只飞萤。

赏 析

这首词借秋景写出了闺中女子的愁思。正是仲秋时节，山亭水榭惹人遐思，但是深闺之中却无人相伴。心中愁闷一日深似一日，双眉却像从前一样紧锁。夜半起身靠着窗户往外望。只看见稀稀疏疏几只流萤飞过。这情景更添人的寂寞。不过，还是要多谢今晚的月儿，它知道我孤独一个人，怜惜我，不忍心圆满。谢月的构思新巧奇特，以写月之情，体现作者内心的苦闷。

渔家傲

朱服

小雨纤纤风细细①，万家杨柳青烟里。恋树湿花飞不起。愁无际，和春付与东流水。

九十光阴能有几？金龟解尽留无计②。寄语东城沽酒市。拼一醉，而今乐事他年泪。

注 释

①纤纤：纤细。 ②金龟解尽：形容倾囊沽酒。借用唐代贺知章与李白饮酒，解所佩金龟换酒的故事。

赏 析

这首词抒发作者无限愁思。面对这许多愁，想想，不如好好"拼一醉"。

好事近

朱敦儒

摇首出红尘，醒醉更无时节，活计绿蓑青笠，惯披霜冲雪①。

晚来风定钓丝闲，上下是新月，千里水天一色，看孤鸿明灭。

注释

①红尘：指尘世，这里指官场。时节：时候。活计：以……谋生。

赏析

此词表现作者离开官场归隐后的闲居生活，充满自得之乐。我摇摇头离开官场归隐，自由自在的，时醒时醉没有时间的限制。我披蓑衣戴青笠钓鱼为生，习惯在霜雪的天气里垂钓。夜晚风静的时候，静静地垂钓，看着天上水中都是一弯新月，千里水天一色，只看见一只孤雁在天际时隐时现地飞翔。

相见欢

朱敦儒

金陵城上西楼，倚清秋，万里夕阳垂地，大江流。
中原乱①，簪缨散②，几时收③？试倩悲风吹泪，过扬州④。

注释

①中原乱：指金兵占领中原地区。②簪（zān）缨：贵族的帽饰，代指官僚贵族。③收：指收复失地。④倩：托。悲风：悲凉的秋风。

赏析

这首词写作者登楼远望，想起亡国之恨，不禁悲从中来。我登上金陵城西的高楼，在秋风中极目远眺。只见万里夕阳大地，大江浩浩东流。不由想起中原的战乱，达官显贵们纷纷逃窜，什么时候失地才能收复？只能请秋风把我的热泪吹到扬州故土。

鹧鸪天

朱敦儒

我是清都①山水郎，天教分付②与疏狂。曾批给雨支风券，累上留云借月章。

诗万首，酒千觞，几曾着眼看侯王？玉楼金阙慵归去，且插梅花醉洛阳③。

注释

①清都：指天上的宫阙。②分付：这里是赋予的意思。③慵：懒。梅花：象征高洁。这里诗人以插梅表现自己的品性。

赏析

这首词作者借用大胆的想象、豪放的语言表现了作者不羁的个性和高洁的品性。全词意思为：我是天帝派来掌管山水的神，老天赋予我狂放不羁的性格，我曾批过刮风下雨的

手令，也多次上过留云借月的奏章。赋诗万首，饮酒千觞，哪会正眼去看人间的侯王将相？天上的玉楼金殿我还懒得去，还是头插梅花在洛阳城狂醉吧。

卜算子

朱敦儒

旅雁向南飞①，风雨群相失。饥渴辛勤两翅垂，独下寒汀立②，鸥鹭苦难亲，矰缴忧相逼③。云海茫茫无处归，谁听哀鸣急！

注释

①旅雁：指南飞的大雁。②汀：水边的陆地。③缴：系在短箭上的丝绳。

【赏析】

此词作于靖康元年（1126年）金兵入侵、作者离家逃难时，全词透着浓浓的悲凄：一只大雁向南飞，由于风雨与雁群离失。它又饥又渴，非常辛苦，两只翅膀都垂下来了，独自在寒冷的汀上伫立，沙滩上的鸥鹭难以亲近，总是担心有人会拿弓箭来射伤它。云海茫茫，孤雁无家可归，谁能忍心听它悲哀不绝的鸣叫。词的语句简明平易，写大雁的哀苦，实则是比喻流离失所的百姓。有很强的时代特点。

踏莎行

周紫芝

情似游丝，人如飞絮，泪珠阁定空相觑。一溪烟柳万丝垂，无因系得兰舟住。

雁过斜阳，草迷烟渚，如今已是愁无数。明朝且做莫思量，如何过得今宵去？

赏析

　　这是一首叙别词，抒发离别时的离愁。烟柳、大雁、斜阳等更衬出沉郁的心情。

鹧鸪天

周紫芝

　　一点残红①欲尽时，乍凉秋气满屏帏。梧桐叶上三更雨，叶叶声声是别离。

　　调宝瑟，拨金猊②，那时同唱鹧鸪词。如今风雨西楼夜，不听清歌也泪垂。

注释

　　①红：灯。②金猊（ní）：香炉。

赏析

　　这首词写秋夜怀人，回环婉曲，情与景结合，互相映照，妙语天成，不失为一篇佳作。

临江仙

周紫芝

　　记得武陵①相见日，六年往事堪②惊，回头双鬓已星星③，谁知江上酒，还与故人倾。铁马红旗寒日暮，使君犹寄边城。只愁飞诏下青冥④，不应霜塞晚，

横槊⑤看诗成。

①武陵：在今湖南常德。②堪：忍受。③星星：指头上出现的星星点点的白发。④飞诏：快速传递诏书。⑤青冥：这里指边塞。槊（shuò）：长茅。

此词作于作者送朋友去光州赴任之时。当时光州是邻近金国的边防重镇。上片追忆昔日离别：还记得六年前在武陵相见的情景，别后往事哪堪回味。转眼我们都是鬓发斑白之人了。谁知还要在这时别离，在江上设下酒宴，为朋友举杯。下片写对朋友的亲切嘱咐：你将要去的地方，铁骑奔突，旌旗飞舞，夜晚寒冷，你却要在那里驻守边关。只担心皇帝飞速的传递诏书让你回京。因为你不顾边关夜晚的寒霜，既能横刀跃马，又能作诗赋词。这首词不是一般的送别词，有作者对朋友的勉励。友情笃深溢于言表。

兰陵王

周邦彦

柳阴直，烟里丝丝弄碧。隋堤上，曾见几番，拂水飘绵送行色。

登临望故国，谁识京华倦客？长亭路、年去岁来，应折柔条过千尺①。

闲寻旧踪迹，又酒趁哀弦，灯照离席。梨花榆火催寒食②。

愁一箭风快③，半篙波暖，回头迢递便数驿，望人在天北。

凄恻，恨堆积。渐别浦萦回④，津堠岑寂⑤，斜阳冉冉春无极。念月榭携手⑥，露桥闻笛，沉思前事，似梦里、泪暗滴。

注释

①折柔条：古人送行，多折柳赠别，以柳谐音"留"，表示相留之意。②榆火：古时寒食节禁火，节日另取榆柳的火赐百官。③一箭风快：船顺风行驶如箭。④别浦：行人离别的水岸。⑤津堠（hòu）：码头上供守望、住宿的地方。⑥榭：建筑在台上的房屋。

赏析

此词意境悠长，其一段借以常叙别的柳树开篇来写离别。下一段离愁悠远，惜别依依。三段写愈行愈远，愈远愈恨。

六丑

周邦彦

正单衣试酒①，怅客里，光阴虚掷。愿春暂留，春归如过翼②，一去无迹。为问花何在，夜来风雨，葬楚宫倾国③。

钗钿堕处遗香泽④，乱点桃蹊，轻翻柳陌。多情为谁追惜？但蜂媒蝶使，时叩窗槅。

东园岑寂，渐蒙笼暗碧。静绕珍丛底⑤，成叹息。

长条故惹行客⑥，似牵衣待话，别情无极。残英小，强簪巾帧，终不似、一朵钗头颤袅，向人欹侧⑦。

漂流处，莫趁潮汐。恐断红、尚有相思字⑧，何由见得。

①试酒：尝酒的样品。②翼：代指鸟。③倾国：容华绝代的美人，这里借喻蔷薇花。④钿钿（diàn）：用美人遗落的钗钿比喻落地的花瓣。⑤珍丛：珍贵的花丛。⑥惹行客：指蔷薇的刺勾住人的衣服。⑦欹（yī）侧：倾斜。⑧断红：指落花。

赏析

此词借写蔷薇花来托物言志，抒发作者对一生沧桑的感慨。是周邦彦的名篇之一。

菩萨蛮·梅雪

周邦彦

银河宛转三千曲①，浴凫飞鹭澄波绿②。何处是归舟？夕阳江上楼。

天憎梅浪发③，故下封枝雪。深院卷帘看，应怜江上寒。

注释

①银河：借指人间的江河。②浴凫：戏水的野鸭。③梅浪发：梅花滥开。

此词以独特的视角写一位思妇对远行丈夫的思念与牵挂。长河曲曲折折，绵长无尽，野鸭潜水，白鹭飞翔在澄清的绿波上。当年从这里送夫离去，但现在，归来的船在哪里呢？夕阳中只有江边楼上的思妇还在痴痴地等待，老天大概也讨厌梅花开得太盛了吧。所以下了这场大雪来压住枝头。思妇在深院中卷起窗帘凝视江面，担心远行在外的丈夫会不会寒冷。

少年游

周邦彦

并刀如水①，吴盐胜雪，纤手破新橙。锦幄初温，兽香不断②，相对坐调笙。

低声问：向谁行宿？城上已三更。马滑霜浓，不如休去，直是少人行③。

①并刀：并州（今山西太原）出产的剪刀，以锋利著名。 ②兽香：兽形香炉中燃的香。 ③直是：可能。

这是一首描写恋情的词篇。上片，烘托室内气氛，渲染室内的安恬静谧，纯净闲雅。下片，换头三字直贯篇终，极写对恋人温存体贴和婉言劝留。

玉楼春

周邦彦

桃溪不作从容住①，秋藕绝来无续处。当时相候赤栏桥②，今日独寻黄叶路。

烟中列岫青无数③，雁背夕阳红欲暮。人如风后入江云，情似雨馀粘地絮。

注 释

①桃溪：传说东汉时刘晨、阮肇入天台山，在桃溪边遇仙女。②赤栏桥：栏杆漆成红色的桥。③列：排列。岫：峰峦。

赏 析

此词写作者旧地重游，往事已空，但旧情难已。当年在桃溪不能与相爱的人从容地相处，就像秋藕断丝，虽然丝连，却再也没有相聚的时候。当时相遇的红栏桥，今天我独自寻觅，只见黄叶满路。烟雾蒙蒙中，只见无数青峰，大雁沐着红得将尽的夕阳远去。情人也如随风飘散入江的碧云，我的思念之情却像雨后粘在地上的柳絮一样不舍。全词深意真挚，意味幽长。

关河令

周邦彦

秋阴时晴渐向暝，变一庭凄冷。伫听寒声，云深无雁影①。

更深人去寂静，但照壁孤灯相映。酒已都醒，如何消夜永②？

①雁影：这里指音讯。②夜永：夜长。

这是作者客居独愁的情景。主要写了寒秋旅夜的孤独凄清：秋日的白天在时阴时晴中渐近黄昏，整个庭院便变得凄冷了。站在馆舍的庭院中听着秋声，阴云密布，只听见雁鸣却不见雁影。夜更深了，一片寂静，只有照壁的孤灯陪着我的影子。我的酒意全醒了，又怎么度过这漫漫的长夜啊。旅途的凄冷与思乡的悲凉融在一起，叫人无法安然入睡。全词作语平常，但寄意深沉。

木兰花·乙卯吴兴寒食

张先

龙头舴艋吴儿竞①，笋柱秋千游女并。芳洲拾翠暮忘归，秀野踏青来不定②。

行云去后遥山暝，已放笙歌池院静③。中庭月色正清明，无数杨花过无影。

①龙头舴艋（zé měng）：画着龙头，形如蚱蜢的轻舟。②踏青：指寒食节出外郊游。③已放笙歌：指演出结束。池院：演出的场地。

赏析

　　全词语句清新，上片写白天的热闹景象。下片写夜晚的优美景色。此词描绘了吴兴寒食节的热闹场面和当地的风俗，从中也可感觉到词人的兴奋心情。

天仙子·时为嘉禾小倅^①，
以病眠不赴府会。

张先

　　《水调》数声持酒听^②，午醉醒来愁未醒。送春春去几时回？临晚镜，伤流景^③，往事后期空记省。
　　沙上并禽池上暝，云破月来花弄影。重重帘幕密遮灯，风不定，人初静，明日落红应满径。

注释

　　①嘉禾：秀州（浙江省嘉兴）。倅：副职，此指通判。②《水调》：曲名。③流景：流逝的时光。

赏析

　　此词借暮春迷离的夜景，衬托伤春叹老之情。词意为：端起酒杯听着《水调》歌曲，中午酒醉现在醒来，但愁却还没有消。春光将逝，青春不在。晚上对着镜子，伤感流逝的岁月，往事没有认真把握，白白留下回忆。天色已晚时，只见成对的鸟并宿池边沙地上，一阵风吹过，吹散了云彩，露出月色，月下花枝舞动，花影婆娑。重重帘幕密地遮着灯光。风儿吹动，人们刚刚入睡，明天小路上该满是飘落的花瓣吧。其中"人破月来花弄影"是写影中的佳句。

浣溪沙

张元干

山绕平湖波撼城①，湖光倒影浸山青，水晶楼下欲三更②。

雾柳暗时云度月③，露荷翻处水流萤。萧萧散发到天明④。

注释

①平湖：水面广阔平坦的湖泊。②水晶楼：形容月光下边的楼阁。③云度月：指云彩遮住月亮。④萧萧：这里指头发稀疏的样子。

赏析

此词意境悠远，描写了作者在湖光山影中，对月沉吟，流露出安闲洒脱的心境。上片以湖水为中心写景。下片写夏夜的景象。

浣溪沙

张孝祥

霜日明霄水蘸空①，鸣鞘声里绣旗红②。淡烟衰草有无中。

万里中原烽火北，一尊浊酒戍楼东。酒阑挥泪向悲风③。

①霄：天空。水蘸（zhàn）空：天与水相连，水天一色。②鞘；马鞭梢。③酒阑：行酒将尽。

赏析

此词为作者登荆州城楼所作。秋日登上城楼远眺，只见碧空如洗，军营中，时时有红旗翻卷，淡烟衰草莽莽无垠。万里外的中原旧地正在烽火之北，想到它们至今仍在敌人手里，不禁悲愁万分，于是在城楼上斟一杯酒消愁。但酒醒后，还是只能在秋风中挥泪悲泣。全词真实地表现了一位爱国志士面对不能收复失地的现实极度的痛苦。

念奴娇·过洞庭

张孝祥

洞庭青草①，近中秋，更无一点风色。玉鉴琼田三万顷，著我扁舟一叶。素月分辉，明河共影，表里俱澄澈。

悠然心会，妙处难与君说。

应念岭海经年，孤光自照，肝胆皆冰雪②。短发萧骚襟袖冷，稳泛沧浪空阔③。

尽挹西江，细斟北斗，万象为宾客。扣舷独啸，不知今夕何夕？

注释

①青草：湖名，与洞庭湖相通。②肝胆皆冰雪：比喻心胸纯洁

坦荡。③沧浪：水势浩渺。

　　此词为作者被贬广西北归时所作。途经洞庭湖，有感而作。快到中秋了，洞庭湖和青草湖上，一片风平浪静。洞庭湖就像一面镜子，又像一块美玉，我乘着一叶小舟在其中。洁白的月光照着我，我与明月都倒映在湖水中，水色天光，连我都通体透明了。这情景，我心领悟到了，只是这妙处很难说给你听。回想我在广西任职期间，以明月为镜，肝胆皆如冰雪，因而问心无愧。虽然现在我的短发已稀稀疏疏，但我两袖清风，安心地泛舟在这湖水中。我要饮尽这长江之水，把北斗星当酒杯，请世间万象为宾客。扣舷独自长啸，不知道今晚究竟是何年月。

西江月·题溧阳三塔寺

张孝祥

　　问讯湖边春色，重来又是三年，东风吹我过湖船，杨柳丝丝拂面。
　　世路如今已惯①，此心到处悠然。寒光亭下水连天，飞起沙鸥一片②。

　　①世路：这里指作者所走过的坎坷道路。作者曾两次被罢官。②寒光亭：亭名，在江苏溧阳三塔湖。

　　这首词乃作者游三塔湖的所见所感。全词意为：若要问湖边的春色如何，重游三塔湖已隔了三年。坐船在湖上游览，东风吹过去时，丝丝杨柳拂面。我经历过坎坷，如今已习以为常，所以现在心态平和。寒光亭下水天相连，一片沙鸥自由飞翔，多么悠闲自在。通过此词，可以看出作者的乐观与悠然闲致。

秋蕊香

张耒

帘幕疏疏风透，一线香飘金兽①。朱栏倚遍黄昏后，廊上月华如昼。

别离滋味浓于酒，著人瘦②。此情不及墙东柳，春色年年如旧。

注释

①金兽：指兽形香炉。②著人：惹人。

赏析

此词上片写景，由室内到帘外，是寓情于景。下片写情。借外景反衬内心的苦闷，是以景衬情。这首词风格清丽，情致缠绵，在婉约词中是上乘之作。

南歌子

仲殊

十里青山远，潮平路带沙。数声啼鸟怨年华，又是凄凉时候在天涯①。

白露收残月，清风散晚霞。绿杨堤畔问荷花：记得年时沽酒那人家②？

中国青少年必读名著

注释

①凄凉时候：指秋天。②年时：当年、当时。

赏析

　　此词透着浓浓的忧思。行人在这凄冷的季节，引发思绪万千。

鹧鸪天·建康上元作①

赵鼎

　　客路那知岁序移，忽惊春到小桃枝。天涯海角悲凉地，记得当年全盛时。

　　花弄影，月流辉，水精宫殿五云飞②。分明一觉华胥梦③，回首东风泪满衣。

注释

　　①建康：今江苏南京。上元：元宵节。②水精宫殿：用水晶砌成的宫殿。比喻北宋时皇宫的豪华。五云：五色祥云。③华胥梦：用黄帝梦华胥国的传说。泛指梦境。

赏析

　　赵鼎是南宋初年中兴名臣。这首词系他南渡之后作于建康（今江苏南京）。上元即元宵。词人值此元宵佳节，抚今忆昔，表达了沉痛的爱国情思。